法海奇谭之妖在人间

东寻◎著

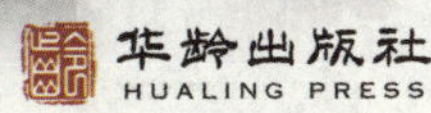

华龄出版社
HUALING PRESS

责任编辑：李英卓
责任印制：李未圻
封面设计：颜　森

图书在版编目（CIP）数据

法海奇谭之妖在人间 / 东寻著. -- 北京 : 华龄出版社, 2018.12
ISBN 978-7-5169-1311-6

Ⅰ. ①法… Ⅱ. ①东… Ⅲ. ①长篇小说 - 中国 - 当代 Ⅳ. ①I247.5

中国版本图书馆CIP数据核字（2018）第250884号

书　　名：法海奇谭之妖在人间
作　　者：东寻　著

出 版 人：胡福君
出版发行：华龄出版社
地　　址：北京市东城区安定门外大街甲57号　邮编：100011
电　　话：010-58122246　传真：010-84049572
网　　址：http://www.hualingpress.com

印　　刷：三河市东兴印刷有限公司
版　　次：2020年5月第1版　2020年5月第1次印刷
开　　本：710×1000　1/16　印　张：15
字　　数：200千字
定　　价：32.00元

（如出现印装质量问题，调换联系电话：010-59625116）

有天夜里，我在菩萨脚下捉到一条白蛇，于是，青砖为灶，枯叶当柴，要拿它煮佛跳墙。师父不知从哪里来，阻止了我。
师父说，师祖在世的时候，这条白蛇就在了，它每天听佛经，有灵性。
我说：我懂了，师父的意思是，畜生都能修出佛性，我也该潜心修行了。

山路旁一棵老树上，孤零零坐着一个青衣
少女，她怀里兜着山中野果，一面吃一面
吐核。我和师兄从树下经过，她『噗』一声，
吐一粒核，正中我头顶。
我往左迈一大步，沿着山崖边缘走，不料，
她一吐，又砸中我的脑袋。
我说你怎么这样呢，她于是把果子全塞进
嘴里，我和师兄一看，抱头就跑。

白素往寺里迈了一步，忽然停住，说：法海，
你跟许仙说了什么，他为什么出家？
我咽一下口水，说：许施主没有出家，他
只是掉头发掉得厉害……

我放下禅杖，在塔下坐了一会儿，树林里走出一个
人，她还是当年的模样，而我已垂垂老矣。
她说：和尚，你看雷峰塔倒映在水里，荷花种满了
西湖，雷峰塔倒，西湖水干，就是这么回事吧？
我合掌一笑。

目 录

第一章　金山寺

我从小受戒，四大皆空。

那一年，金山寺漫天飘雪，师父为我剃度，赐号“法雪”。

我说：师父看见什么，弟子就叫什么，那师父看见海浪，我岂不是要叫法浪？

师父说：我不会叫你法浪，我会叫你法海。

我说：法雪，法雪，法如雪，怎么听，都是尼姑法号，还不如叫法海……

师父说：那你就叫法海吧。

当时我有个疑问，摆在心里多年，师父的法号，难道也是师祖看见什么，就是什么？

师父告诉我：是。

我说：那师祖当时看见了什么呢？

师父摸摸我的头，说：那时，我跟你一样的年纪，你师祖在灯下看书。

我说：什么书？

师父说：《离骚》。

我终于释然：哈哈，还以为师祖看见了哪家的姑娘呢！

我的师父，金山寺第五代住持，法号“真骚”。

我不算聪明，天性爱玩，但师父教的经常念一遍就会。其实，有些经文只要你能绕回来，怎么念都对，比如“色即是空，空即是色”。

照此理，我曾写下“一就是二，二就是一”，这在当时被我的很多师弟看作箴言，捧在手里万般解读。

我还写过“你就是我，我就是你”，这被很多墨客认为是大慈大悲，胸怀苍生。

因为经念得巧，我在金山寺总是有很多时间玩。师父有心传我衣钵，但我无心成佛。

每到三月，穿堂的风带上点点杏花味道越过佛堂，我这个和尚的心，竟会被撩拨得春心荡漾。结果总是一群师兄弟围在树下，他们拉扯我，我就往上爬，爬到树枝不能承受，一跃跳上屋顶，飞檐走壁。

师父手拿戒尺罚我下跪，责问为何不潜心修行。

我说：别人的佛，在书中，我的佛，在山水之间。

师父说：如此，你也不要念经了，以后就扫扫地、挑挑水、劈劈柴。

我说：那我岂不成打杂的了，还算和尚吗？

师父说：算，打杂的和尚。

我做了打杂僧，师父果然不再教我念经参禅。师父说我想法太多，偏见太多，佛法再怎么熏陶，还是一样淘气。

每天黄昏，暮钟敲响，长老和师兄弟们从佛堂走到僧舍，而我却从僧舍走到佛堂，一把扫帚，一桶水，半个馒头，半盏灯，迷迷糊糊又是一夜。

有天夜里，我在菩萨脚下捉到一条白蛇，于是，青砖为灶，枯叶当柴，要拿它煮佛跳墙。师父不知从哪里来，阻止了我。

师父说：师祖在世的时候，这条白蛇就在了，它每天听佛，有灵性。

我说：我懂了，师父的意思是，畜生都能修出佛性，我也该潜心修行了。

师父说：我没这么说。

我说：那我煮了它。

师父说：别，留下它，防老鼠。

我“哦”一声，放下白蛇。白蛇确有灵性，它回眸看我，目光灼灼。我大喜，说：师父，师父，它看我！

师父说：假如你被一个比自已大的东西抓住，你也会这么看。

我无语，用扫帚赶一下白蛇，说：你走吧。

师父双手合十，说声善哉善哉，刚走却又回来了，他拿木鱼敲一下我的头，说：臭小子，你一个出家人煮什么佛跳墙！

就是这个时候，我发现师父开始老了，因为他的反应明显变慢了。

那一年，我十二岁，是我第一次遇见那条白蛇。

寒来暑往，金山寺的杏花开了七次，落了七次。

十九岁的秋天，我又遇到白蛇。

七年扫地，偶尔偷懒，把落叶啦、香灰啦、鸟粪啦，随手一藏，藏到佛台下，以为很快会有师弟接替我，不料一晃就是七年。当秋意渐浓，佛堂里边枯枝烂叶发酵，臭烘烘，却也暖烘烘。山里来的野鸡野狗，刨出粪土做窝，搞得佛堂跟坟堂似的。

我提了扫帚追鸡打狗，越追越近，凌空就是一脚，踢飞野狗，掀翻野鸡。野狗呜呜咽咽，一头扎进佛台下边。我掀开布帘，发现这条狗胆子真是不小，刚挨了一脚，又拿屁股对着我。

我挥扫帚赶狗，忽然瞥见佛台下还有个东西，白的一团，泛着幽幽的光，像水中的白玉。这是那条白蛇！

野狗冲它龇牙咧嘴，它匍匐在地上，一点一点退。我觉得白蛇一定有什么计谋，不料它毫无计划，被野狗突然叼了冲出佛堂，往山下跑……

我愣了一会儿，扔掉扫帚就追，从金山寺追到山腰，连滚带爬，往前一扑，摁住狗腿掰开狗嘴，小心翼翼救出白蛇。

我出家时，师父教我的第一诫就是不杀生，所以我本着慈悲之心，把野狗拴到狗食铺门口。但后来有人告诉我，狗食铺是吃狗肉的铺，不是给狗吃肉的铺！

将白蛇捧在手里，我说：你啊，善良虽好，但别忘了自己是蛇啊！

白蛇钻进我袖中，盘绕起来，这时我看到手上染着血，很凉……

我有个师兄，他叫法坑，是寺里的医僧。师父赐他法号的时候，一步不慎，跌进后山水坑。师父觉得这是缘，于是师兄就叫法坑了。就这还算好的，我有个师弟，性格急躁，跑去找师父要法号的时候，师父正在如厕……

法坑师兄比我入寺要早，早至少十年，但他从没见过白蛇，还说白蛇就是个传说。

我捧出白蛇，说：师兄你要是不救它，它就真的成传说了！

法坑师兄看到白蛇，无比诧异，但又摇摇头，说不行。

我说：但你是医僧呀！

法坑师兄说：医僧分很多种，我啊，主治妇科。

不要笑，事情是这样的，我师祖做住持的时候，心怀苍生，常常布医施药，但天下又不只是男人会病，师祖于是力排众议，开辟妇科。

外边的人说，和尚不能给女人看病，看了就犯色戒。师祖觉得，出家人不近女色，又不是不近女人，那些人看见女人只想到女色，他们很猥琐。但师祖是得道高僧，所以他嘴上说：治病救人，怀的是佛心，有佛心无色心，怎会犯色戒！

当时我怀里揣着白蛇，看它奄奄一息，心里很着急。

法坑师兄说：你去找真原师叔吧，他有药草，专治跌打损伤、刀劈斧剁，就是……

我说：就是什么？

法坑师兄说：就是他老人家呀，健忘。

谢过师兄，我一路飞奔去找真原师叔。师叔五十多岁了，可他也没见过白蛇。

我向师叔讨药草，师叔很大方，把药铺了一桌，然后捡起其中一株闻了闻，说：坏了。

我说：那就换一株。

师叔说：是我鼻子坏了，眼睛也不好，这些药草，什么是什么，都分不清了。

我说那还不简单，于是从桌上取一把小刀，划伤自己的手背，为白蛇亲试药草。

师叔夸我勇气可嘉，我说佛祖当年还割肉喂鹰呢。师叔说，可是，鹰又没有毒啊。我问师叔这是什么意思，师叔说，他差点忘了，药草里混了一株毒草。我说那就更得一样一样试了，否则好心办坏事。师叔立刻拍拍我的肩，笑说他是开玩笑的。我也拍拍师叔的手，说师叔真是风趣。师叔说，他把话说反了，止血的药草应该是一株，其余全是毒草。

我听了，当场昏厥。

醒来时，浑身乏力，眼睛很怕光。手背灼热刺痛，裹着浸了药汁的布。我躺在师父房里，师父点着檀香，枯坐参禅。

我双手撑着床坐起身，白蛇盘卧，躺在身边。我以为它没救了，看它忽然吐了一下信子，我也高兴得吐舌头。

师父一笑，说：菩萨慈悲。

我说：真原师叔私藏毒草，师父你要不要管一下！

师父说：你师叔老了，记性不好，以为自己是真冥。

我说：真冥是谁？

师父说：真冥是你师叔的胞弟，最擅长炼制毒药，二十年前出走金山寺，至今未归。

我说：那我的毒解了吗？

师父说：我烧的檀香，可以解你的毒，你睡到天亮，自然就好了。

我说：为什么法坑师兄和真原师叔都没见过白蛇？

师父说：白蛇的事，是你师祖说的，我也没见过，直到你见过，我才见过。

我说：那它真是条灵蛇！

师父说：刚才佛堂里走了一趟……

我赶紧躺下，说：师父，我毒性发作，要睡了。

第二天一早，寺里撞钟，余音袅袅。我从梦里挣脱，伸个懒腰，打个哈欠，浑身舒爽，刚要起床，看见窗外立起一个小小的影子，是白蛇。白蛇口中衔一枚蛋，爬到房里。

我诧异，刚在生死线上遛个弯，它竟然还下蛋了，不料白蛇爬出窗外，衔来一个鸟巢。我释然道：是鸟蛋啊……

白蛇用头把鸟巢一顶，顶到我手边。

我说：给我？

白蛇吐了一下信子。

我很感动，但白蛇受伤也不轻，我想还是留给它自己补一补好了。看时候正好，于是我慢慢悠悠出门去喝粥。

来到膳堂，早望见师父立在门前，拄着禅杖跟二三香客闲聊。我说声“师父早哇”就往大厅里走，师父突然揪了我的耳朵，说：去哪儿？

我说：喝粥。

师父说：你把佛堂里的粪土挑下山，三担粪土换二十粒米，凑足一碗，就给你粥喝。

我说：用大粪换大米，那多麻烦！

师父说：我也觉得，那你就直接吃粪吧。

我：……

金山寺的石阶，寺里到寺外，一共是九千九百九十九级，少一阶，不成佛，多一阶，放不下。石阶上早晚有僧人来往，都在练轻功，看似一步一步走，其实脚不沾地。

我背着竹篓，遥望山下缥缈的寺门，登时连做和尚的心都没了。这时，看见一人轻飘飘飞奔上山，鹤发童颜，身后浮着佛光。他转眼来到山顶，稳稳定住身形，然后调节气息。

我说：法师好轻功！

他说：谁？

我说：寺里小僧，法海。

他说：奇怪，奇怪，只闻声，不见人，你这千里传音的功力，已达化境，但听声音，又分明是个小沙弥！

我说：那是因为，你踩着我的头了。

他"啊呀"一声，从我头上跳下来，说：罪过，罪过，刚才飞得太快，没看清就落脚了。

我擦擦头上的土，说：法师从哪儿云游过来？

他说：你不认识我？

我说：我在寺里长大，但没见过你。

他说：我出游那会儿，你大概还没生。

我说：你是？

他说：按辈分，我是你师叔，你就叫我师叔好了。

我说：师叔云游归来，要我通知住持吗？

他说：我吃顿斋饭就走，不必告诉他了。

我说：哦。

路上起了一阵风，师叔突然捏着鼻子，说：小法海，你背着大粪是要去哪儿？

我说：修炼。

他说：没见过这么修炼的。

我说：我这是下山换米，吃饱了，再修炼。

他说：轻功练到第几重了？

我说：不会。

他说：那你这不是要下山，是要去西天啊！

我说：师叔没什么事的话，我先走了。

他说：等等，小法海，师叔……想跟你做个小小的交易。

我说：什么交易？

他左右看看，见四周没有僧人，突然抓着我的衣领，纵身一跃跳下山崖，飘飘荡荡来到山腰一个偏僻的水池边。

落了地，我长舒一口气，说：这就到了？

师叔说：你尿了。

我说：要你管！

师叔说：听过寺里白蛇的传说吗？

我说：住持提过。

师叔说：这条白蛇有千年道行，我怕你们被它吃了，特地赶回寺里捉妖！

我比画一下，说：不会吧，它那么小，连狗都打不过。

师叔说：哦，见过白蛇的和尚，原来是你。

我说：师叔没见过白蛇吗？

师叔摇摇头，他说：小法海，你把白蛇引来，师叔就教你刚才的飞身之法。

我看着师叔，他咧嘴一笑，满嘴烂牙。我觉得，一个人要是牙都长那样了，还要笑给你看，肯定没安好心，于是退后一步，说：师叔，我喝粥去了。

说完，我转身就跑，然而身后突然大雾弥漫，如同巨大的磨盘，遮天蔽日碾压过来。我扔了背篓，但还是跑不快。雾里突然响起诵经之声，我听了，耳朵里好像针刺一样，跑了几步就浑身瘫软再不能动了。

这时，山上下来一个胖大和尚，挑着扁担，哼着小曲儿，一步一颠。我伸着手，大喊：法牛师兄，救我！

师兄说：是你啊，法海，你怎么了？

我说：有妖怪！

师兄扔了扁担就跑，坠着一身肥肉，居然跑得像飞一样，还说：你撑着，我去叫师父！

我沿着石阶往上爬，身体如有千斤重，举步维艰，很快就被妖雾围困了。这时，有人拉了我一把，一看，是法牛师兄。

他说：差点忘了我会轻功，我背你！

我说：你傻啊，妖雾进来就出不去了！

他沉默片刻，然后说：娘的……

我们两个抱成一团，背贴着山岩，准备等死了。不料突然下起一场大雨，将迷雾冲散。这场雨下得很奇怪，只下在金山寺里，寺外的城，还是一片艳阳天。

迷雾散去，老妖怪大吃一惊。这时我在上边他在下边，位置正好，于是抱一块石头砸下去，砸得他头破血流，漂在水池里呻吟。我和师兄用藤蔓绑了他，一路拖拽，带到大雄宝殿。

师父赶来，说他不是妖怪，是我的师叔真冥。随后，师父召来七个武僧，用铁链把真冥师叔锁了，押送到后山宝塔面壁思过。

夜里回到僧舍，我一头栽倒在床上，肚里饥饿，浑身又酸又痛。我以为大难不死，可以歇歇，不料师父连喝水都要我下山去换，一背篓粪土，换三滴水……于是，我悟出一句真言：大难不死，活着受罪！

趴在床上，忽然闻到一阵清香，勉强抬起头看，枕边堆满柿子、山楂、葡萄、秋桃，果子上沾着细细的水珠，品相极好，不见一点点伤疤。

白蛇匍匐在果子旁边，身躯如同跳舞一般轻轻摆动。

我一把鼻涕一把泪，摸摸它的头，说：你好像懂我似的！

白蛇身体舞动得更加轻灵。

我说：那……你再给我打盆洗脚水吧。

白蛇听了，突然咬我一口，滑下床蹿出门外去了。

自从真冥师叔入寺那天下起雨，金山寺已浸在雨中一月有余。雨倒不是很大，如细丝毫毛，否则，我们就沉在水底，而不在屋里了。

远远看去，僧舍屋顶毛茸茸一片，是刚生的草尖。

新建的佛塔，也染上一层绿苔，恍如隔世。

某日，师父突然传唤我，于是，我顺着滴水屋檐，一路小跑，来到师父房间。师父盘腿而坐，气定神闲。

我说：师父，你今天好像一尊佛呀！

师父很激动，说：为师等你这句话，等了七年了！

我不解。

师父说：你心中有佛，所以看什么都像佛。

我说：七年前，我心中没有佛吗？

师父说：没有，所以让你打扫佛堂，放空自己。

我说：原来心里有佛，就不用打扫佛堂。

师父说：不是这个因，不是这个果。

我说：哦。

师父说：真冥闯寺，你差点丧命，为师找你来，是怕有些话再不说，就没机会了。

我说：莫非，你是我亲爹？

师父差点笑抽过去，笑完了，他双手交叠，平置于腹前，说：看为师法印。

我说：禅定印嘛，平日念经都摆这个手势。

师父说：有什么用？

我说：结这个法印，主要是给师父看，定印乱了，心就乱了，片刻之内，必挨戒尺。

师父说：你再看。

师父将右手覆于膝盖，指尖向下，登时，房里流光溢彩，然而流光之中，并不都是祥和，还有一股隐隐的戾气。师父说：这叫触地降魔印，是佛祖修行时驱赶妖魔的法印。

我赶紧盘腿而坐，学师父的样子，摆一个触地印，结果无事发生。

师父说：你干吗？

我说：站累了，坐会儿……

师父说：真冥的事，让为师心里焦虑，必须早日传授你法力，将来好承我衣钵。

我说：可我在金山寺，又不念经，又不习武，除了光头，哪都不像和尚，怎么做得了住持……

师父说：白蛇显灵，说明你有佛根，而且非同寻常，你的修为，将超越金山寺历代长老。

我说：不过是条蛇，荒郊野岭到处是，刘邦当年还斩过白蛇呢！

师父说：此白蛇非彼白蛇，否则真冥也不会冒险入寺。

我说：可我天性不喜冷清，恐怕不能像师父这样参禅念经，更不要说照顾别的僧人吃喝拉撒。

师父说：这不是还有四大班首、八大执事嘛，你真以为金山寺都归你管啊！

我无语……

师父说：出家人只求度己，是小乘佛法，度人度己，才是大乘佛法。你不喜冷清，那你就步入红尘，去感悟人间的苦，去领悟解脱的道。待你归来时，就可以做住持了。

我说：师父你别赶我走啊，我胃小，吃不了金山寺多少饭。

师父说：为师还没教你降魔法印，为何赶你走？

我说：但师父那番话……

师父说：就是让你有个心理准备。

我说：那我什么时候下山？

师父说：尚早。

我说：那我什么时候学法印？

师父说：每晚子时，后山竹林。

我点头说：知道了。

师父说：这几日凄风苦雨，雨里妖风仙气交杂，混沌不清，寺里早晚有大事发生，但不管发生什么，你都要潜心修炼，以你现在的修为，袖手旁观就是最好的拔刀相助。

我汗然，拜别师父，出门去了。

黄昏时，我挑水洗了僧衣，然后坐在蒲团上，随手敲两下木鱼。师父罚我夜里打扫佛堂，七年下来，总是别人吃晚饭，我吃早饭，别人晚练，我早练……我常常一个人闷在柴房里，面对青灯一盏，经书数卷，百无聊赖。

师兄弟们觉得，师父这是偏爱我，但我怎么都觉得师父偏偏不爱我。

这天晚上等了很久也不见白蛇，莫名地，有时我竟当它是人，走着、坐着、躺着，老想到它。

想着想着，我睡着了。不知睡到何时，突然一阵雨点洒进窗户，像一把石子打在身上。我坐起身，窗外又是电闪又是雷鸣，电光照亮远处佛陀神像，狰狞恐怖，完全不似白天那样慈祥。

我披件衣裳开门张望，门前地上，老鼠、青蛙浩浩荡荡涉水而过。隔壁僧舍，师兄弟们立在门后，面色骇然。

这场雷雨下了有一个多时辰，天光微亮时，寺里淹死的老鼠浮在水面，像一片沙洲；大雄宝殿后边，几棵百年老树被雷击中，树枝都已经烧成炭……

我怔怔地看了一会儿，打个哈欠，准备再回房里小睡片刻，忽然看见一个少女坐在窗边，黑发素衣，双手托着腮，对我痴笑。

她一笑，我便无心；

她一笑，我便无想；

她一笑，我便无念……

我双手合十，对她说：菩萨？

她摇头。

我说：人？

她说：法海……

第二章　白蛇

金山寺一场暴雨，冲出许多怪物，什么蝎子、蜈蚣、蟾蜍，比鸡都大！大家觉得这些毒物肯定都成精了，等长老来了，赶紧围上去问对策。长老沉思片刻，忽然往山下一指。

大家说：莫非有降魔的高人在山下？

长老说：拿它们跟那头牛比，不就小多了？

大家一听，觉得很有道理，于是都散了。

这个时候法牛师兄突然造访，他拍了一下我的脑袋，让我马上跟他走。我问他这么着急是去哪儿呢？他说，后山。我说，后山怎么了？他说，不得了，师父在后山降魔！我一听，也急了，说，那快走，我可就只有这一个师父啊！

走了两步，回头看向窗户，素衣少女已经不知去向了，只留下一道轮廓，如同盯视斜阳留下的残影。

当下，法牛师兄抓着我的胳膊，施展轻功，上蹿下跳，瞬时飞奔到后山。围观的僧人挨挨挤挤站了一片，师兄拉我落到一棵松树上，两人抱着树干观摩。

金山寺后山，枯松倒挂，飞瀑流湍，山间有一面五丈高的青石壁，平平整整如同镜面。法牛师兄告诉我，这叫达摩壁，达摩祖师曾经在这儿面壁。

我说：不对，你看，现在是一群人在这儿面壁，应该叫人民壁。

师兄说：啥？

下边的师兄弟全都抬头看我，说：闭嘴啦，法海，不要喧哗！

师父正在达摩壁前打坐，石壁上一夜之间冒出一个洞窟，洞前碎石散落，还有断裂的树根纠缠在一起。远远看去，洞窟幽深压抑，给人一种进去就会死的宿命感。

师父突然睁眼，说：法海。

我挥挥手，说：在！

师父说：下来。

我一跃跳下松树，众僧让开一条路，洞窟里突然袭来一阵阴风，又腥又臭，闻了让人两腿发软。

师父拄着禅杖起身，说：法海，你跟我来。

我说：好，大家都让让，师父要回去了。

师父瞪我。

我说：弟子修为浅薄，让我站在外边看看好了，法牛师兄说他想去研究一下。

师父揪了我的耳朵就往洞里走。

俯身进了洞窟，师父在前，我在后，走了三五步，突然伸手不见五指。我拉一下师父的袈裟，说：师父，我去拿灯。

师父叫住我，洞中突然金光乍现。金光，从师父的掌心源源不断涌出，竟像是活的。

师父说：法海，你看，这叫菩提金光印。

我说：师父真了得！

师父说：没让你夸，让你学！

我于是模仿师父的手势结金光印，但掌心只有一丁点光，那还是汗珠反射了师父的佛光。

师父说：你两腿颤颤，怕妖怕鬼，当然没有佛光，记住为师手势，回去勤加练习。

我说：知道了……

我不甘心，一路走一路摆弄法印，不料一步踩滑，跌进水池。师父抓着衣领把我拎上岸，我咳嗽了一阵，吐出几口水。

我往四下张望，洞窟之中有七个水池，水呈米色；水池之间，嶙峋怪石连成石桥；洞顶垂下一段钟乳巨石，形似神龙，不怒而威。

我撑着地面起身，手下摸到什么，很滑，仔细看，是一张蛇皮，蜿蜒数丈，从岸上延伸到水里。我吓得抱着师父的禅杖，师父说：阿弥陀佛，昨夜电闪雷鸣，原来是妖蛇渡难。

我说：那它渡过了没？

师父说：未知。

我说：这里阴暗潮湿，再不走，师父你就要得风湿了。

师父说：好。

走了两步，师父转过身，手一抬，不让我走。

我说：我又不渡难，留下来只会遭难！

师父说：此洞妖风飒飒，是修行的福地，你在这儿修习菩提金光印，遇到妖魔，用触地降魔印，学会其中一样，就是你出洞之日。

我说：没得商量？

师父说：没得商量。

我：……

师父说：早晚斋饭，我会叫人送来。

我说：哈哈，师父你太小看我了，最多一炷香我就出来了。

师父说：善哉，善哉。

夜里，法牛师兄又来送馒头，师兄虽然体胖，但轻功了得，洞窟崎岖难走，他拎着灯笼，跑起来飞沙走石。法牛来到跟前，我说：师兄，你的轻功又精进了！

法牛说：刚才一脚踩滑，下坡，停不住。

我：……

法牛说：给你馒头。

我说：洞里分不清白天黑夜，不知道外边过了几个时辰了。

法牛说：十八天。

我诧异，惊呼：阿弥陀佛！

法牛说：你别着急，你有个师兄，在宝塔闭关八年师父仍不放他出关，郁郁而终。不料是他闭关太久，师父不小心把他给忘了。

我听了，默默擦把汗。

法牛说：还有什么事吗？

我说：有劳师兄帮我倒一下马桶……

法牛师兄走了，洞里又安静了，头顶的神龙钟乳石往下滴水，滴到池子里，回音颤颤。我打个饱嗝，仍然修习法印。突然有一物滑过我脸颊，凉丝丝的，细如指尖。我立刻右手触地，结降魔法印，那东西滑过我的手背，全然不惧我佛！但它碰了一下我的手，我就知道是白蛇了。

我说：你来看我吗，你真有情！

它沿着我的手臂爬到肩上。

我说：洞里有妖蛇渡劫，它比你大，别被吃了啊。

它用头蹭一下我的脖颈。

我说：哈哈，别，痒。

就这样，白蛇做伴，我在山洞里修行了一个冬天。冬天，洞中滴水成冰，我便把白蛇暖在怀里。

等到春暖花开，洞里也能闻到杏花香了，白蛇复苏，师父也终于赶来见我。师父所传法印，还是悟不透、学不会，我心里很惭愧，果然，我还是比较适合游手好闲！

我对师父说：徒弟让你失望了……

师父说：不，是师父让你失望了！

我不解，问：为什么呀？

师父说：为师教你手印，却忘了教你念真言，你要能学会，就见鬼了。

我诧异，说：师父你就让我这样白白坐了一个冬天？

师父说：善哉，善哉，一切皆是修行。

我：……

师父说：你过来，为师现在教你念真言。

我走到师父跟前，侧耳倾听，听完了，师父说：这是菩提金光印真言，切记，念真言，不出声。

我说：这我懂，我能学会，妖魔当然也能学会，所以不能说。

师父说：不，为师只是觉得，把咒语喊出来很傻，你一喊，人家就知道你念的是什么咒了，立马克了你！

我默记在心，手结法印，默诵真言，掌心居然也像师父那样迸出金光，只是光线微弱，如同风中的残烛。

师父说：呀，法海，你果然有慧根！

我心里那个怨恨啊，就想一头撞死在师父的禅杖上。

师父说：你可以出关了。

我说：触地降魔印还没学呢！

师父说：路上教你，很快的。

我跟着师父往洞外走，路上吹声口哨，白蛇从水里游过来，蹿进我袖中。师父说：别吹口哨，不知道的，还以为你这是驯狗呢！

我说：那怎么办？

师父说：为师给它一个名，你就叫它的名。

我赶紧遮了师父的眼，说：且慢，师父！洞里也没啥好看的，到了外边再给它名字吧！

师父说：不过为师又觉得不妥，灵蛇因你出现，又与你相伴，名字还是由你来给好了。

我长舒一口气，说：不过我很好奇啦，如果是师父，会给它怎样的名字？

师父想了想，说：蚯蚓。

离开山洞，外边月明星稀，夜风微凉，莫名地心情舒畅。我突然领悟到，所谓解脱，其实都是给憋的，憋到头了，就很容易满足。满足一会儿，是常人；满足一辈子，是高僧。

再后来，师父为了补偿我一个冬天的白练，就把那个山洞叫作“法海洞”，好让我觉得自己练成了一代宗师。

月上枝头，回了僧舍，我将白蛇放到门前，任凭它去，然后打水煮茶。一路上手结菩提金光印，连灯笼都省了，就是时间长了身子发虚，打水的时候差点跌进井里。

打上的井水喝了一口，清，甜，喝得心里无尘无扰。到伙房将水烧热盛在壶里，一路上唱着佛号信步回屋。结果，那天见到的素衣少女，又坐在窗下痴笑。

我走进房里，一切干净整齐，不沾尘埃。而她还在叠我的僧衣，叠好了，把褶皱抚平，放在枕边。

我说：你是谁？

她轻声细语，说：法海。

我说：你别老叫我，你叫什么？

她说：法海。

我说：我法力广大，智慧如海，才叫法海，你亭亭玉立，怎么也叫法海？

她说：法海。

我说：原来你就会说这两个字啊……

叠好了僧衣，她拿走我手里的壶，就好像在自己家，找到了茶杯，用指尖取三撮茶叶，连我的口味苦淡都了然于心。

看她洗茶杯，放茶叶，冲热水，举止贤淑典雅，我竟涨红了脸，赶紧双手合十，默念佛号。

泡好了茶，她将茶杯放到嘴边吹一下，递给我。茶，不过是我们这些僧人自己采的野山茶，清香有余，但口感偏淡。可是，我却喝出酒味，若不是酒，我又怎会意乱情迷？

我对她说：幸好我是出家人，不欺负你是傻子，我带你去找住持，你要有家就送你回家。

她突然抓起我的手咬一口，嬉笑着夺门而出。

我追出去，她忽然不见了……

出关后的生活，是早劈柴，午参禅，晚念经，念到子时，赶往后山竹林，师父传授法印。日子过得很紧凑。

但我天性不喜安分，常常溜出佛堂游山玩水，或者睡过头，让师父一个人在后山吹风。

四月，山里的桑葚甜了，隔几天，我就爬上树，吃一饱睡一觉。那傻子一样的少女，一天到晚叫着“法海”“法海”常伴不离。她虽看似柔弱，爬树竟比我快，总是采到最饱满的桑葚。结果我们吃得口舌发黑，等我再溜回佛堂，见了长老就板着脸，不敢笑，也不敢开口。长此以往，长老以为我跟他有仇，每天出门都带一把戒刀。

只是，少女来来去去总是很唐突，常常吓我一跳。然而一旦身边有外人，她就不来了。在她眼里，除了她，除了我，都是外人。每次相见，她都哭过一场，给我的感觉，就好像见我一面是件很痛苦的事。但一见了我，她又没心没肺地笑，这就让我不解……

春去夏来，金山寺越来越燥热，我更加无心念经，动辄上树睡觉，或在法海洞里避暑。

有一天，我躺在水池边上吃枇杷。池水冰镇的枇杷，咬一口，唇舌冰凉。所谓清心自在，大概不过如此。

她来了，宽衣解带，披着一层白纱下水。她真是单纯，如同那块白纱；我更单纯，心里竟不生杂念，平平常常！当然，也可能是我没怎么见过女人，想的都是，怎么跟师父说的不一样呢……

她朝我游过来，身体绵软，好像长蛇。她伏在我膝头，我们面对着面，彼此呼吸都有感觉。

她又傻笑，我也跟着笑。

我说：你有名字吗？

她摇头。

我说：那我给你想个名字吧。

她点头。

我说：按照金山寺的传统呢，师父看见什么，弟子就叫什么，现在我闭上眼，水里转一圈，看见什么，你就叫什么吧。

我起身转一圈，睁开眼，看到一块钟乳石，形状像白菜。

我说：你叫白菜吧。

她噘一下嘴，我说那我再转一圈。

再转一圈，我睁开眼，看到她，像出水莲花，清白素净。

我说：你就叫出水吧！

她又噘嘴，用水泼我。

我说：那……你就叫白素吧。

她低头想了一会儿，说：白素。

我大喜，说：阿弥陀佛，你又学会两个字了！

这时，听到一阵脚步声，伴着铜环的颤动，那是师父的禅杖。我立刻拿了僧鞋不动声色地下水，憋一大口气，拉着白素潜下池底。

师父走到岸边，四下里看一眼，然后盘腿坐下，不走了。

我憋了一会儿，实在憋不住了，从水里跳出来。师父吓了一跳，一禅杖砸我脑门上，我捂着脑袋蹦上岸，却发现手里握着白蛇……

再看师父，他老人家脱了鞋在泡脚。

我说：师父，你——

他说：不可说，不可说。

白蛇盘在我肩上，而池里空无一物……我心中如有五味，但又不知是哪一味，或者，哪一味都不是味。我犹豫很久，坐到师父身边，问师父：妖幻化为人，是怎么一回事呢？

师父说：妖有不同，当然有各自的幻化。

我说：假如……拿白蛇举例呢？

师父说：若是蛇，首先要褪去一身蛇鳞，疼不疼，你掉块皮就知道。初为人形，不能维持多久又变回蛇，可是没有蛇鳞，每走一步，都是痛。总之，蛇化为人，就是在痛苦中不断挣扎。

我说：既然这样，又何苦为人呢？

师父说：执念。

我说：什么样的执念？

师父说：各种各样的执念。

我说：师父你等于没说。

师父说：没有答案的问题，当然会得到不是答案的答案。

第三章　许仙

四月无事，五月伊始，师父突然传唤，要我下山。师父定下三条戒律：一不得化缘，二不得算命，三不得还俗。

我问师父何故下山，师父说，下了山就知道何故。

我的师父是个奇人，他的话总是高深莫测，他曾经手拈梨花，对众弟子嫣然一笑，弟子当中，只有我和法牛师兄跟着笑。师父问法牛为何发笑，法牛说，师父是在效仿拈花一笑的典故。师父摇摇头，转而问我笑什么，我说师父拈花的样子真是风骚呀！结果我挨了师父一戒尺。师父说，他对梨花过敏，让我们把花都给摘了……

拜别师父，回僧舍收拾行李，然而行李却准备好了，都摆在桌上。我一转身，看见白素藏身门外，风一起，几缕黑发飘动。

我背上行囊出门，白素转而藏到屋后，影子落在青石板上，瑟瑟缩缩。我对她说：你快走，我法力很高强的，收了你啊！

话出口，觉得语气重了，毕竟朝夕相伴，不该这样，于是很温柔地又说了两遍。

经过僧舍门前老榕树，突然听到头顶有人惨叫一声，我差点吓死，手结金刚网印，口念真言双掌推出，将一个人束缚在法网内，倒挂在树上。我走近一看，是法牛师兄。

我说：师兄你在树上干吗？

法牛说：你先放我下来。

我再念真言，法网消散，师兄跌下树，我赶紧扶起。我说：师兄刚才一吼，如雷贯耳，难道是少林狮子吼？

法牛说：寺里那只打鸣儿公鸡死了，我代替它在这儿打鸣儿。

我说：哦……

法牛站起来，拍拍身上的鸡屎，看到我挎着行囊，于是说：哈，你被逐出寺院了？

我说：你倒是想，师父要我下山。

法牛说：下山干吗？

我说：我也不知道，正好，师兄你陪我走一趟吧。

法牛说：师父允许吗？

我说：师父不知道。

法牛说：那好，走吧。

走到寺前山路，我一跃跳上法牛后背，法牛问我干吗，我说你不是会轻功吗，难道要我一步一步走啊！

法牛说：背着你，我会累死的。

我说：那你就抱着我吧。

法牛说：抱着你，飞得比走还慢。

我说：要不你教我轻功吧。

法牛说：轻功要从小练起，你不行了，不过有师父教你法印，学会了，别说飞奔，飞天都行！

我说：懂了。

于是，我们一步一石阶，口里说着佛，眼里看着花，慢悠悠往山下去了。

山下城镇，半水，半城，杏花烟雨，市列珠玑。

我和法牛师兄下了山，城里到处闲逛，逛着逛着，误闯菜市，一路上杀鸡杀鱼，鲜血淋漓。我和师兄赶紧原路返回，突然迎面撞上一条赤蛇，吓得我瘫坐地上。一个老头手里拿条蛇，说：小师傅，买条蛇放生吧。

法牛扶我起来，说：你天天见着白蛇，怎么还怕蛇了？

我挠挠头，没话说。

卖蛇老头说：你们不买，我就杀蛇取胆了哦！发发慈悲吧！发发慈悲吧！

这时，路上行人围拢过来，老头呵呵冷笑，从腰间取下剪刀，摸着蛇腹找到蛇胆位置，用指尖捏住，说：买吗？

我看看法牛师兄，他双手合十，口里默诵佛经。

老头又问：买吗？

我说：你等等，我买！

话音未落，老头突然下手，取出活胆生吞，而后将死蛇扔到地上，走了。路人纷纷说我们没天良，说完也散了。

我看着地上死去的赤蛇，心中凄然，于是盘腿坐下，为它念诵往生咒。法牛说：你这人真奇怪，刚才还怕蛇，现在又怜惜什么呢？

我叹息一声，说：有时我也不知道自己在想些什么……

正念着咒文，突然有个少年从面前跑过，抓了蛇就跑。我起身狂追，法牛说算了算了，不过是具枯骨而已了。我说咒还没念完，好歹超度了它呀。法牛点头说，好，追！

少年虽然步子不大，但身材娇小，钻裤裆，爬狗洞，一会儿把我们甩开一大截。法牛抓着我的肩，施展轻功，踩着路人脑袋飞来飞去，下边的人都拿鸡蛋扔我们，我赶紧接住扔回去，说我们不化缘。飞到一座破旧宅院，我一把抓住少年的衣裳，说：你好大胆子，敢抢我的蛇！

少年说：都死了，怕什么。

我说：你就不怕我啊！

少年说：我娘快饿死了，家里没钱买米，想给她煮一点蛇羹吃。

我松了手，说：你还算有孝心，但我还没超度这条蛇，等我超度了，随你怎样。

少年说：那你把我娘一起超度了吧。

我说：你怎么咒你娘！

少年说：等你念完经，我娘已经饿死了。

我汗然，说：那你拿走吧……

少年刚走，我叫住他，说我还有些干粮。打开了包袱，我猛然看见白蛇盘卧在内。

少年大喜，说：哇，可以煮一大锅了呀！

我说：休想！

我把冷饼递给少年，然后挥挥手赶他走了。法牛睁大眼，看了半天，说：这就是寺里那条灵蛇？

我说：也不是那么灵。

法牛咂咂嘴，说：皎若云间月，白似……白似……白毛浮绿水！总之，真是好看！

我擦把汗，说：还有更好看的时候呢。

法牛说：啥？

我说：没什么，没什么……

而后，我把衣袖拉开，对白蛇说：进来。

她扭头。

我说：这又不是金山寺，被人捉到，你就成蛇羹了。

她犹豫一下，钻入袖中。

我和师兄站在院子里，看这破房子墙也塌了，屋顶也没瓦了，于是就地找材料修补。我想，师父叫我下山，一定是为了广结善缘，日后好接掌金山寺，总不能是嫌我话多，想清静几天吧。

我刚要爬上屋顶，那少年又跑出来，抓着我的衣襟，说：和尚，和尚！

我说：叫大师。

他说：和尚，我娘不见了！

我和师兄立刻进到房里，屋子中间火炉还烧着，除了这个火炉，家里没一样看得上的家具，椅子散架，瓢漏水，棉絮发黄……

少年指着床说：我娘刚才还躺在这儿的！

屋子只有巴掌那么大，一眼就看完，我怕找漏了，还特意看一眼米缸，他娘确实不见了。

我说：也许上茅房去了，你等等呗。

少年说：我娘病得都不能下地了，怎会去茅房！

我说：也对，你娘应该是用了夜壶，现在倒夜壶去了。

少年斜眼看我，我说：你这小鬼，怨念还挺大！

这时，白蛇似乎嗅到什么，从我袖中蹿出，爬到床后。我们跟过去，见地上有洞，水缸大小，洞口有血迹，还未干。

少年说：妖……我娘被妖吃了！

我看看他的脸，说：但你一点儿也不伤心。

少年说：我五岁死了爹，六岁娘亲染病，七岁被人家当贼吊在树上三天三夜，我什么没经历过，早已不会哭了。

我无语……

这时，白蛇忽然往洞里钻，我一脚踩住其尾巴，说：捉妖，我来。

我盘腿而坐，摆触地降魔印，口念真言，半晌，没感觉哪里有妖异。法牛师兄突然"哎呀"一声，我才回过头，莫名挨了一棒，失去知觉……

醒来时，我头晕眼花，额角破裂流血。我坐在地上，脚尖推一下法牛，他也醒来，后脑勺肿起拳头大一个包。

我们随身带的行囊不见了，一摸袖中，白蛇也被抓走。我拽着师兄就往外追，出了门，大街小巷七拐八弯，根本无从追起。路边石坎上坐着一个卖鸡蛋的老伯，好像在那儿很久了，我于是合掌说：请问老施主，这宅子的主人什么时候回家？

老伯说：这里空了十几年，没人住，你们肯定是被那小子骗来的。

我揉揉脑袋，说：那小子？

老伯说：就是那小子嘛，骗人家来了，乘人不备打一闷棍，抢了东西就跑，只是不知道你们出家人有什么好让他抢的。

我说：他抢了我的蛇。

老伯说：哦，那一定是拿去泡酒了。

我说：啊？

老伯说：你们要找那小子，就去河对面的济善堂，那小子叫许仙，是药铺里的学徒。

法牛大怒，说：我呸，比妖还恶，也配叫仙！

我谢过老伯，推一下法牛，马上去找药铺。不料刚走上大街，路上行人都往我们这边狂奔。穿过城池的河道里，船只纷纷靠岸，船夫顾不得系缆绳就四散奔逃。

我和师兄扶着石栏往河里看，河水翻腾如沸汤，一条巨蛇蹿出水面，身体白皙如玉，缠着一个少年，是那个叫许仙的小子。

法牛面如土色，说：法海，法海，这是你那条白蛇吗？

白蛇在水里翻滚，掀起的浪花拍在两岸，掀翻船只无数。它身上随便一片鳞甲就有我巴掌大！

我说：不、不是吧……

许仙看见我，大喊大叫，说：和尚，和尚，救我！

我赶紧往前一步，用力喊：叫大师！

白蛇扭一下身子，把许仙拽下水。我于是双手合十，念静心咒。

法牛说：念这个管用吗？

我说：管用，你看，我现在已经平静下来了。

法牛说：救人哪！

说着，法牛跳下水，游向白蛇，双手抱住它的身躯，使蛮力往后一摔，竟然把白蛇摔倒。他刚要救许仙，白蛇尾巴一挑，将法牛抛出数丈。

许仙漂在水面，抓住一块木板，半死不活。我看他受的惩戒也该够了，于是结一个净法界印，念诵真言，白蛇便渐渐平复，朝我游过来，到了身边，它又化为那条小白蛇，钻进我袖中。

法牛把许仙扛到岸上，等他会喘气了，法牛说：你走吧。

许仙也不言谢，拔腿就跑。

法牛望着他的身影，说：这小子又奸又猾，将来不知多少痴情女子会受他骗……

我说：师兄你是出家人，怎么还管起他人的姻缘了？

法牛说：你不知，在金山寺我是法牛，但在寺外，大家都叫我“情僧”。

我看着法牛，他非常严肃，于是我也只好严肃地笑道：哈，哈。

此后，我和法牛师兄在城里又待了几天，整日闲游，走马观花。

白蛇每天大睡，似乎很疲惫。那天河道里的情形历历在目，想起便汗毛倒竖，幸好当时没人看见，否则，我要赔多少条船哪……

师兄觉得白蛇不善，应该疏远，但我觉得我佛普度众生，首先要度的，就是恶。不能因为害怕，就总拿好人去度，让人家以为自己犯了多大的罪呢！

有天遇到下山买香烛的僧人，传话说住持让我们回寺。到了大雄宝殿，师父开门见山，说：法海，听说寺外有蛇妖作祟，与你有关吗？

我说：无关，你看白蛇那么小。

师父说：白蛇在金山寺有佛法熏陶，自然心境平和，但外界纷纷扰扰，很难说，今后不要再带白蛇下山，记住了吗？

我双手合十，说：阿弥陀佛。

师父说：你这阿弥陀佛是记住了还是没记住？

我说：阿弥陀佛。

师父白我一眼，说：你此行下山，有什么收获？

我说：没有收获，但有个疑惑。

师父说：什么疑惑？

我说：今天回来的时候，看见真磨师叔在山腰搭了个草棚修行，他曾经的妻子来送饭，仍像从前一样跟他说笑，这会妨碍他修行吧？

师父说：不会。

我说：出家人不是应该远离女色吗？

师父说：戒律是如此，但如果对陪伴自己十几年的妻子一点慈悲心都没有，再修行两百年，也是俗人一个。

我点点头，说：对了，师父说我下了山就知道为何下山，可我现在还是不知道。

师父说：我也不知道。

我说：师父你怎会不知道！

师父说：你回来太早，为师还没编出来。

这次回到寺里，我一切不适应，常常攀上树梢，遥望繁华城池。

我从小为僧，经文里说的大苦啊大难啊，贪爱啊无明啊，见没见过，听没听过，难以感悟，只能自己量化。量化的办法，也只是吃馒头。不吃，叫自性真空；吃饱，叫平常心；吃撑，叫贪嗔痴。哪天我要是一口气吃二十个，我想我就能搞懂什么是生死轮回了。

下山一行，虽有不快，但有些风光，心里还挺记挂。比如，天刚亮那会儿，有货郎浑身披挂泥偶、鸡毛毽子穿街过巷，又有悠哉老头手提鸟笼茶馆里坐等说书人……如此种种，其乐融融，也没见那么多忧悲苦恼嘛！

想到这里，桌上青灯渐渐暗了，刚要拨灯芯，又明亮起来。白素一手托着下巴，一手拨着灯芯，她看我的目光，好像井下泉水，深邃，清澈。

我对她说：你幻化为人，每一次都那么苦，反正我知你你知我，又何必执着于身形容貌呢？

她说：想和你一起吃饭啊。

我说：你变双手出来不就好了，这样痛苦少一点。

她说：不要，像只大壁虎！

我笑说：哈哈，是的。

白素也笑，把手搭在我手背上，我身体一颤，不知为何，还没想好怎样掩饰，白素突然又变回蛇。

我说：你啊，道行还不够呢！

她不甘心，又变，变出一丛黑发，像个鸡毛掸子。我笑得岔气，窗外忽然飞来几只僧鞋，隔壁说：法海，几更天了，还不睡！

我说：几更来着？

他说：马上子时了，混账！

我对白蛇说：你睡一觉再变吧，我要去竹林找师父了。

走到竹林，师父早来了，盘腿坐在石上打坐。我在师父身边坐下，学他结法印，听他说经文，他说一句，我记一句。

天亮时，竹林的风吹得我神清气爽，我伸个懒腰，起身去扶师父，蓦然发现师父老了，仿佛是一夜之间，白眉白须，老态龙钟。

师父遥指东方，说：你看，朝霞多好，永远看不够。

我说：师父佛法广大，也不能超脱生死轮回吗？

师父说：为师心里，没有苦生苦灭的循环，早已超脱。

我说：可如果我见不到师父了，这样的超脱又有什么用？

师父说：你太肉麻了！

我：……

师父说：你走吧，为师在这儿打个盹。

我沿着蜿蜒土路下山，远远看见金山寺青烟升腾，二三武僧飞檐走壁，像雪地里的麻雀，轻快灵活。

离开竹林，我信步往寺院走，看见鸣蝉就捉，有野果就摘，一路悠然。走到半路，我看见白素坐在亭子里，倚着石栏睡着了。

我自言自语：人生多好，永远活不够。

她揉揉眼，说：什么？

我说：没什么，走吧。

第四章　玉蟾

无事之夏，风吹草低，雨打青蛙。

法牛师兄下山砍柴，被树根绊了一下，扑倒四个香客。香客说他好大的面积，四人站成一排都能给压倒了。不料香客进了寺里，发现很多和尚面积都不小。

香客觉得，和尚过午不食，又是吃素，居然养出那么多胖大和尚，一定没有把香油钱好好供给佛祖，肯定供给厨房了。于是，香客掏出来的香油钱，又塞回口袋里。

这种事想想是有点儿费解，假如和尚开坛讲经，要听佛法你先买票，和尚凭本事挣钱，大家肯定不干，觉得这事儿俗了。但我们拿个钵，大街小巷走，要饭，啊，不是，化缘，大家就觉得应该给一点，积阴德。现在，大家都觉得这不是阴德，是阴谋。

为了让寺里僧人瘦下来，监寺师叔赶紧规定，每日两餐改为每日一餐，还把寺里水井封了，要喝水，山里挑。

不料，监寺发现胖和尚还胖，瘦和尚反而更瘦，因为干体力活的总是底层的和尚，现在让人家只吃一顿饭，简直瘦到要死。

监寺看众僧短时间是瘦不下来了，寺里修缮佛塔、宝殿又急需花钱，心里一急，干脆规定，体重超过一百七十斤才叫胖。这样一来，寺里的胖和尚登时只剩下二十几个……

为了招揽香客，监寺还把法海洞改名，改作“白蛇洞”。洞口竖好大一块石碑，上书“此洞有白蛇飞升”，走近一看，还有四个小字：根据传说。

这个办法果然引来大批香客，但大家来了一趟，连蛇屎都见不着，很是遗憾。于是，监寺又吩咐一群僧人进山捉蛇，捉不到白蛇，捉条大蚯蚓，用水泡到发白。

香客看到白蚯蚓，十分满足，但有些妇人跟小孩觉得白蛇洞很阴森啊，吓呆了，于是跟官府举报。监寺大骇，赶紧聚集八大执事讨论。

大家说菩萨从天竺来的时候是男儿身，但男的不够大慈大悲，就把他性别改了。照此理，假如白蛇改为白娘子，洞改为宫，就好像王母宫、妈祖宫什么的，不就温柔多了?

监寺听了很高兴，马上请工匠造石碑，不料造好了一看，“白娘子宫”，监寺面红耳赤，赶紧去掉一个字，改为“白娘宫”。

终于，皆大欢喜。

几番折腾，金山寺渐渐恢复以往兴盛，却难免纷纷扰扰，而我吃斋诵佛，一如往常。

这些日子里，青灯、木鱼、经卷，不离左右。不离左右的，还有菩萨脚下遇见的白素。清淡度日，没什么大喜大悲，窗户夹缝里偶然开出一朵藕荷色小花，就足够我们惊喜半天的。

一天黄昏，白素嫌天气燥热，到山间小溪避暑。我独自待在僧舍修习，屋外突然掀起狂风，无休无止。屋顶瓦片砸落地上，大家晾晒的僧衣满天飘，窗缝里那朵小花齐腰折断，花瓣零落。

等风渐渐小了，屋里屋外一片狼藉。我起身捡地上的经书，屋顶窸窸窣窣响了一阵，忽然听到一个女子阴声阴气地笑。笑了一会儿，她咂咂嘴，说：真是个玉树临风的和尚呵！

我说：你怎么被风吹到屋顶上了？

她说：小和尚，你叫什么名字呀？

我说：法力广大，智慧如海，法海。

她说：你生得这样好，做和尚多可惜，我给你做老婆要不要？

我想了想，说：先让我看看你。

她笑一声，拨开瓦片，把头伸下来，一股烟雾随之弥漫屋里。

我说：你是谁？

她说：我是天上的仙子。

我说：哈哈，你以为擦点胭脂加点雾你就是仙女啦，要为你犯色戒，我还真得考虑考虑！

她说：呵呵，小和尚，难道说有那么一个姑娘，值得你为她破戒吗？

我说：你别再挑逗我了，我是出家人，不近女色。

屋顶突然静默，良久，她清一下嗓子，用男人的声音说：男色呢？

我说：既然这样，我也可以为你破戒了。

她说：哈，真好！

我说：破杀戒啊，老妖婆！

说着，我提起少林棍捅屋顶，要把她打落下来。她嘻嘻哈哈笑了一气，说：小和尚，你好大的火气，改天再找你玩吧！说完，她纵身一跃，离开屋顶。我追出去，只看到远处灌木晃了一阵，渐渐归于平静。

我看追是追不上了，干脆回来，趁天没黑爬上屋顶把瓦片重新铺一下。

这天夜里，金山寺狂风大作，寺里那口挂了一百多年的大钟，绳索被吹断，差点压死打钟的。

第二天一早，法井师弟带来一位香客，师弟说，人家指名点姓要找寺里的法海禅师。

出了门，看见一个美少年，立在法井师弟身后，他穿一袭薄纱紫衣，面目清秀，一举手一投足，像个儒生。僧舍大门外，一群女香客踮着脚尖往这边看。儒生回头看了一眼，晕倒一个，再回头看一眼，晕倒一片。

师弟对香客说：这位就是法海师兄，你们聊吧，我先走了。

儒生对我双手合十，鞠躬施礼。

我合掌说：我在金山寺像个透明人，你怎会认识我？

儒生朝我走近一步，他身上异香袭来，我闻了这味道，居然有点儿飘飘然，脖颈渗出细细一层汗。

他说：家父和住持大师是至交，我跟随大师学禅，也算是大师的弟子，说起来，应该叫你一声师兄。

我说：客气了，你找我有什么事呢？

他说：师兄将要继承住持衣钵，想必已尽得真传，我来，自然是向师兄问道的。

我说：问路啊，你要去哪儿？

他说：不是问路，是问道，问成佛之道……

我说：那你进屋坐会儿，我去打水沏茶，寺里古井被封了，水要到山里挑。

他说：茶水苦涩，不如清泉自然，我还是跟师兄一起进山，那里清静好说话，渴了也能就地取水来喝。

我说：也好。还不知道怎么称呼你。

他说：我跟住持大师学禅，大师赐我法名，玉禅。

我诧异，说：你师父跟我师父是同一个师父？

他说：不就是真骚长老嘛。

我说：哦，你一定很有背景，你的法名很好听。

我领着紫衣儒生往后山走，他对金山寺倒是熟悉得很，好几次走在我前面，不多时就来到水边。他捧一把水洗洗脸，说：佛门的泉水都这么好！

我说：这不是泉，是排洪沟，要喝水，再往前走一点。

我们又走了一程，走到我平时挑水的地方，他捧一点水喝了，然后在岸边青草地上坐下，随手折一支野花把玩。

我说：你要谈佛法，不知道想从哪里谈起？

他说：这么好的天，这么好的风光，谈佛法未免太乏味了。

我说：那你想谈什么？

他说：情。

我说：哈哈，师弟，我是出家人，谈情说爱是不是有点儿……

他打断说：人间情有千万种，师兄怎么就肯定我谈的是男女之情，而不是师徒之情、同门之情、父子之情？

我无语。

他朝我招招手，微微一笑，说：来，坐啊。

他这么一说，不知为何，我突然觉得脸颊发热，四肢僵硬。

他说：师兄你很热吗？

我擦把汗，说：一点点……

我就地盘腿坐了，和他隔开三五步的距离。

他说：师兄可曾体会过一见她心就跳，不见她心跳都快没了的感觉？

我说：有，看见戒尺的时候心就跳，看见师父背着手不知道后边拿着什么的时候，心跳都快没了。

他干笑一声，说：我是说，师兄有喜欢的人吗？

我说：你这就是谈男女之情嘛！

他说：师兄佛法高深，眼中有情，心中无情，谈谈怕什么？

我说：……

他说：所谓看破红尘，师兄如果连红尘都没看过，又怎能看破？

我说：也是……

他说：方才问师兄有没有喜欢的人，师兄似乎犹豫了一下，不知道这一瞬，师兄想的是谁呢？

我赶紧起身，说：我不想跟你聊了，我要回去了。

刚走一步，岸边树林传来脚步声，白素拨开树枝走出来，喜滋滋地说：和尚，和尚，你今天不念经呀？

玉禅突然笑一声，白素的目光挪到他脸上，见是陌生人，马上跑了。

玉禅说：好脱俗的姑娘，不是世间人！

我心里一惊，说：为什么？

玉禅说：世间脱衣的姑娘不少，脱俗的真没几个。

我说：这样啊……

玉禅说：我好久没来金山寺了，不知道寺里有什么变化，师兄可以带我四处走走吗？

我说：走走可以，但你别再提什么情啊爱啊的！

玉禅合掌说：是。

我们沿着后山小径往寺里走，不料，一路上玉禅倒像引路人，左拐右拐都由他，拐来拐去，拐到佛塔之下，他说要上塔眺望金山寺全景。这座塔里关着真冥师叔，我上次差点被他灭了，赶紧拉着玉禅走开。

刚走两步，突然一股怪力把我往回拽，眼前天旋地转，等到不转了，我头朝地脚朝天，玉禅正单手抓着我的脚踝。

我说：你力气很大，师兄我已经感受到了，你快放我下来。

玉禅说：小和尚，你不记得我了？我给你做老婆要不要？

我骇然，原来是她，赶紧结法印，不料她朝我劈头盖脸就是一脚，踹得我鼻梁骨都要断了。我擦擦鼻血，再结法印，她拧着我的胳膊，说：我修行少说也有千百年，就凭你也想跟我斗！

我说：那我不跟你斗，我找师父跟你讲道理。

她说：哈哈，你上塔，把塔里的人放出来，否则，拧断你胳膊！

我说：行行行！

她突然愣住，我说：你怎么了？

她说：没什么，你居然不反抗，让我很意外……

我说：别废话了，让我下来。

她手一松，我跌在地上。爬起来，看到她刚才还是个美少年，现在却变成了风韵犹存的妇人。

佛塔门上贴着师父写的伏魔咒文，门上了锁，打不开。她伸出右手，指着地上一块大石头。

我看了半天，她说：你干吗？

我说：你干吗？

她说：我让你用这块石头砸锁！

我说：还以为你会用法术让石头飞起来呢……

她说：要是可以，我早自己开了！

我说：但这锁是我师父造的金刚锁，坚固无比，你要是用刀劈，刀断了，锁上都不带划痕的。

她说：管不了那么多，先砸再说。

我抱起石块举过头顶，往锁上用力一砸。

锁没坏。

两扇门倒了……

我走进塔里，抱出一尊菩萨塑像，说：塔里的人我给你抱来了。

她说：你少装蒜，我要的人是真冥！

我说：老妖婆，你跟我真冥师叔是什么关系啊？

她说：你跟那条白蛇什么关系，我和真冥就是什么关系。

我没话说，再次走进佛塔，沿着石阶往上走，走到第七层，突然感觉到一阵风，风很集中，就像一根棍子劈下来。我仔细一看，还真是根棍子！我往后一仰，避开铁棍，不幸重心不稳，跌下阶梯，头破血流。早知道挨那一棍也许还不会受那么重的伤……

我爬起来，几个僧人把铁棍压到我肩上，说：小子，你知道这是什么地方就敢乱闯！

我说：几位师兄，我在金山寺好像没见过你们。

一位师兄说：我们是住持钦点的十二降魔僧，想见我们，除非你是妖。

我说：我不是妖，但塔下真有个妖。

师兄说：胡说，我怎么感觉不到妖气？

我说：这还要感受啊，都打上门来了！

师兄抓着我的衣领，说：下去看看。

其余僧人立刻跟下来，出了塔，玉禅立在塔前，说：呀，你们几个都长大了，上一次见你们，还是一群小沙弥呢。

师兄甩开我，对玉禅说：我一看你就是妖，布阵！

玉禅闻闻自己的胳肢窝，说：我有妖气吗？

师兄说：我们师兄弟几个自知长得奇形怪状，人看到我们，早吓晕了，你没晕，你肯定是妖！

玉禅说：你们这位小师弟不是也没晕吗？

我说：刚才塔里太黑没看清，我现在看看。

师兄们赶紧蒙住脸说：师弟别看！

我说：好……

师兄说：废话少说，打！

十二降魔僧立刻围绕玉禅跑起来，各自摆出降魔法印，我很震惊，这得练多久才能跑得那么整齐啊！

玉禅看着他们，身体左摇右摆，好像晕船。师兄突然喊了一声，十二个人收拢阵型，师兄又喊了一声，大家齐刷刷举起棍子。我看到一个师兄斜眼瞄了别人一下，发现自己的棍子举高了一点点，赶紧调整。

我不禁佩服，不愧是降魔僧，不仅功夫打得好，还打得好看！

师兄最后喊了一声，大家原地纵起，挥棍往下一劈，不料，我才眨下眼，师兄们全都挂树上去了……

玉禅，这个忽男忽女的妖，化作一只巨大的蟾蜍匍匐地上，通体发绿，像块玉。

我诧异，这不就是寺里放生池中央的碧玉蟾蜍吗？

碧玉蟾蜍口吐长舌朝我一甩，竟像钩子勾住我的脖子。我往旁边一扑，抱住一个师兄的腿。他也往旁边一扑，抱住另一个师兄的腿……

最后，我们十三个人抱成一串，被它往嘴里拖拽。

师兄说：师弟，别这样，你这样，我们不能施展武功了！

我说：少唬我了，我一放手，你们就用轻功逃了！

师兄说：那好，大家用狮吼功。

我说：快用！

十二位师兄异口同声吼道：师——父——救——命——

我登时无语，一串人继续被往后拖……

我感觉双腿已经被那蟾蜍吞进嘴里了，突然一个白影一晃而过，是白素赶来，她化出蛇尾勒住那蟾蜍，于是我被卡在蟾蜍的嘴里进退两难。

这时师兄说：师弟，你会金刚火院印吗？

我说：不会。

师兄说：没事，你跟我学，大家用无等火烧那只蛤蟆！

我说：不行，会伤到白素！

师兄说：两个都是妖，正好一起灭了！

说着，师兄们结法印，念真言。我一看，这还得了，赶紧放手，碧玉蟾蜍猛地一吸，我忽然觉得眼前发黑，口里鼻里都是腥臭的水。

我以为自己就要死了，眼前看到一大块平地，黑不溜秋，连天也是黑的，我在这天地之间行走，似乎遥遥无期。

走着走着，看见一个头陀，我说：这是西天吗？

他说：不是。

我说：你是地藏菩萨吗？

他说：我是你师父。

我伸长脖子一看，突然被揪了耳朵往外拽，渐渐能看到光明，然后从蛤蟆嘴里被吐出来。

我躺在地上咳嗽了一阵，师父手拄禅杖，一束光透过树叶缝隙照下来，照在他脸上。

我说：师父，你好伟岸！

师父说：那以后你就躺着看我。

我爬起来，笑笑，说：师父，那只蛤蟆呢？

师父说：为师已将她降伏。

我说：降伏在哪儿了，我想看看。

师父把金钵给我，一只巴掌大的蛤蟆匍匐在里边。

我说：呃，师父，我随便问问，你有没有看见一个白……白的东西？

师父说：什么白的东西？

我说：没什么，没什么……

师父转而对金钵里的蛤蟆说：碧玉蟾蜍，真冥和你人妖殊途，二十年前我放你一条生路，以为佛法点化，你能有所悟，二十年后，你还是一样！

蛤蟆说：别说二十年，就是两百年，两千年，我也不会变！你们这些和尚，爱一个人都做不到，又凭什么爱苍生！老秃驴，你有空管别人，先管管自己的徒弟——

我一巴掌下去，把蛤蟆拍扁，再一看，不过是一堆破碎的玉块。

师父说：法海，你做什么！

我说：这只蛤蟆会说话呀，好可怕！

师父对十二降魔僧挥挥手，他们捡起铁棍回塔去了。师父等他们走远，对我说：一切皆是修行，为师不过问，是因为她对你修行有利，你可不要偏离正道。

我说：师父的话真是令人费解，我回屋去好好琢磨一下，师父再见！

师父又揪我的耳朵，我说：师父别揪了，再揪就成佛陀了。

师父说：你以为佛陀的大耳垂是天生的啊，都是做师父的揪得多了，他们才成仙成佛。

我：……

到了晚上，我躲开师父溜到后山清溪，白素坐在水边看月，姿态无比甜美。

白素说：你好点儿了吗？

我说：我没事。

我在她身边盘腿坐下，有时候我都觉得，一个清心寡欲的僧人，一个超凡脱俗的姑娘，在清溪之畔看月，简直如诗如画亦如歌。

白素显得有点儿感伤，她说看到碧玉蟾蜍和真冥师叔，竟会联想到她和我。我说这不能比，我对她，以礼相待，不会是那样的结局。

白素说：如果你这么想，我倒希望是那样的结局。

我说：什么结局？

白素说：不想跟你说了。

我们相对无言，过了一会儿，我从怀里掏出一粒珠子，是白天被碧玉蟾蜍吞进肚子时，慌乱之中抓出来的。这珠子流光溢彩，凑近点看，如同装着一片璀璨星河，工艺之精美，令人叹服。

白素说：给我看看。

我把珠子给她，她没接住，珠子掉进水里。登时，溪水明亮如同玉带，星星点点，晶莹剔透。

石缝里突然蹿出一条青蛇，像道青色闪电，往珠子游去。白素说：休想！说完，倒吸一口气，珠子脱水而出，飞落到她口中。青蛇跃出水面扑人，白素反手一巴掌，青蛇于是贴到石壁上，像拍扁的苍蝇，不动了。

白素笑了一声，不料珠子突然滑进喉咙，她猛咳一阵，珠子没咳出来，反而吞到肚子里。

她急了，说：这下怎么办？

我说：没关系，一颗珠子而已。

她说：呆和尚，我说的是我！

我说：没关系，一颗珠子而已。

她斜眼看我，充满怨念。

我说：要不你倒立起来，我拎着你的脚抖一抖，也许能吐出来。

她说：不要。

我说：那我问问师父，师父见多识广，也许有办法。

她不说话，捡一粒石子打碎水中月影。

子时，在竹林找到师父，提到碧玉蟾蜍肚里的珠子，师父说，那是碧玉蟾蜍受善男信女顶礼，凝聚人间七情六欲形成的金丹，无情的人吃了会有情。

我说：那有情的人吃了，会多情吧？

师父说：不。

我说：那会怎样？

师父说：撑。

第五章　青蛇

夏去秋来，师父突然中风，不能下地走动。我成为金山寺住持的日子，近在眼前。一个人来，就有一个人走。这句话就像“色即是空，空即是色”，好像也能绕回来。

寺里氛围，一夜之间如同山雨欲来。师父身边越来越多人围绕，都祝福师父早日去西天。我也觉得师父快要去西天了，因为如今我想见他一面，跟见佛祖一样难。

我在后山竹林天天等，等到地上竹叶没过小腿，终于等来师父。师父行动不便，法牛师兄背着他来。师父坐定，挥一挥手，法牛就走了。

师父对我说：我已经没有什么可以教给你了。

我说：佛法无涯，怎会没有我可以学的？

师父说：达摩祖师快要圆寂了，召集弟子畅谈佛法，众弟子说了一通，达摩祖师都不认同，直到弟子慧可向达摩施了礼，而后一言不发，一动不动。达摩祖师大喜，认为他得到真传，慧可于是接替达摩祖师，成为禅宗二祖。

我说：慧可大师所知所想和达摩祖师已是同一境界，因此没什么可说的了。

师父说：对，为师和你，也是一样。

临别，我对师父说：师父你走不动了，我背你吧。

背起师父，他说：你走慢点。

我说：师父也留恋人间山水了吗？

师父说：路陡，你别把我颠散架了。

我汗然，说：哦……

走着走着，师父摸摸我的脸，说：寺里弟子都为我难过，你怎么不难过？

我说：他们是脸上苦，心里笑，我脸上笑，心里也笑。

师父说：你心里笑什么？

我说：笑老头你还能活四十年。

师父拍拍我的光头，不说话了。

走到半路，一群师兄弟找来，对师父拉拉扯扯，连拖带拽，不像是来接走师父，更像是来劫走师父。寺里明争暗斗，眼看是住不下去了，我干脆从柴房里提一把柴刀，去竹林劈竹子，造个山间小屋清修。

师父走了，白素就来了。

她坐在师父往日打坐的那块青石上，双脚一荡一荡。虽然入秋，但踩着秋老虎的尾巴，天气还是很热。白素自从吞了那颗珠子，修为好像一夜之间增了几百年，对冷热已不是那么敏感。

白素看见我了，她说：法海，你什么时候下山，人间好热闹，不想看看吗？

我不屑，说：一切行，皆无常。

白素说：什么意思？

我说：世事变迁难料，人间热闹，热闹一时，自心归依净，最是喜乐。

白素跳下青石，说：嗯，不管你了，我下山玩去了。

我说：你走吧。

说完，我低头劈竹，劈了三五根竹子，听到白素呼唤。我站上青石眺望，她在半山腰，风一起，卷动衣裳，像只白蝴蝶。

她喊道：和尚！

我也喊：怎么了？

她说：我一回头就看见你了！

我说：就这点事啊……

她往山下又走了一段，身影变得只有米粒大小。

她又招手，喊道：还能看见你！

我说：我也是。

等她走得看不见、听不着了，不知为何，怅然若失……

这天晚些时候，一个老僧踏着飘飞竹叶游到竹林，收敛轻功，稳稳落到岸边。我举起青灯，他突然吐一口痰，不偏不倚，刚好打灭灯火。我手结菩提金光印，四下重新亮起，一看，是寺里掌管清规戒律的真盲师叔。

我说：师叔双目失明，居然还能扑灭我的油灯，真是不简单！

真盲师叔说：我就是随口这么一吐，灭了你的灯，对不住了。

我：……

少刻，我便说：师叔找到我，该不会也是随便这么一飞就找到了吧？

真盲师叔说：不，我是闻着妖气来的。

我说：妖气？哪儿啊？

真盲师叔说：刚才还有，你结法印，把妖气掩盖了。

我说：什么法印？我就是点了支香烛，桂花味，不呛人。

真盲师叔笑笑，说：我眼是瞎的，但心不瞎。

我说：师叔，你转过来对着我说话好吗？

真盲师叔一摸前边，是棵老树。他往右迈一步，摸摸前边，没什么东西了，就对我说：法海，你早晚要做金山寺住持，所谓人妖殊途，又怎能为她，自毁前程？

我说：一滴水融入一片海，这滴水就没了，无咸淡，无深浅，无冷热，佛法称之为平等。佛陀说一切众生皆有佛性，是平等的，那么人和妖又怎会殊途？

真盲师叔说：我就是随口这么一说。

我说：师叔真是随性……

真盲师叔说：你好自为之吧，我走了。

我说：师叔，小心前——

话没说完，师叔凌空一跃，飞出数丈，像根黄瓜拍在竹屋上……

月亮快升到天空正中了，白素踩着地上枯叶回来，神情恍恍惚惚，分明还徘徊在人间繁华里。回过神，她说：你要造竹筏吗？

我说：我要造竹屋，刚造好一面墙，被我师叔撞塌了。

白素说：你师叔呢？

我说：送去救治了。

白素望着月下竹海，对我说：和尚，你说，怎样专情的人，才能写出“曾经沧海难为水”这样的情话呀？

我说：只要那个人的名字叫元稹就可以了。

白素说：和尚，你普度众生，是多情，不如……也做一次专情的人吧。

我赶紧合掌说：阿弥陀佛，你吞了碧玉蟾蜍的金丹，春心荡漾，我就当没听见了。

白素说：我修行千年，换来长生不老，本可以天上地下逍遥自在，却宁愿做个凡人，陪你月下念佛，这……又是为了什么呢？

我说：……

白素微微一笑，说：和尚，你动情了。

我说：没有！

白素说：若没有，八个人捆一起也讲不过你，现在又怎会没话说？

我觉得脸上火烧，赶紧念诵静心咒。白素说：别念了，我要走了。

我说：去哪儿？

白素说：睡觉。

我低了头，暗舒一口气。白素四下看看，轻舞指尖，地上竹子竟自己立起，搭成一座小屋。白素说：哈哈，吓到了吧，其实这点法术根本不算什么。

我说：你这屋子没有门也没有窗，算什么？

白素看看竹屋，突然傻笑。她一笑，我也想笑。

这时，地上突然扬起一阵枯叶，枯叶之中，飞出两只降魔杵，白素不及闪躲，被击中。我刚一起身，背后一只手抓住我衣襟。四周突然跳出几个僧人，撒一张法网，困住白素。

几个僧人，是十二降魔僧。

我说：师兄，抓错了，她不是妖！

师兄说：我们不是来捉妖的，是来捉奸的！

我说：啥？

师兄说：你六根不净，还想做住持呢！现在有凭有据，带你回去，交给监寺审问。

我说：呵呵，以我现在的修为，就是你们十二个人一起上，我也扛得住。

话刚说完，竹林里又跳出一群僧人，我一看，九大长老，十八铜人，二十四棍僧，三十六金刚，七十二罗汉，全来了！

竹林里挨挨挤挤站的全是人，地上站不下，连我肩上都站了两个。

这种情况下，我束手就擒。

大雄宝殿之内，灯火辉煌，左右两边诸位长老坐定，正中坐着真盲师叔，其余僧人全在殿外看热闹。这么多人，唯独不见师父。

十二降魔僧放下我和白素，然后退出大殿。

真盲师叔说：法海。

我说：在。

真盲师叔说：出家人应谨守戒律，你跟蛇妖勾勾搭搭，还想成佛吗？

我说：师叔，你这么说就不对了，出家人追求离苦得乐，离苦得乐之后，便是佛，只想成仙成佛，却不求解脱之道，根本是偏离佛法的呀！

真盲师叔默不作声，监寺师叔说：法海，佛祖定下的戒律，哪能容你污蔑！

我说：心中无佛，才要戒律约束呢。

监寺师叔说：我看你心中只有蛇妖！

我说：世上先有邪念，后有妖。白素受佛法点化，内心纯善，监寺说白素是妖，那就是说佛祖心生邪念，然后有了她。

监寺师叔跳起来，说：我打——

殿外僧众一阵咳嗽，监寺师叔赶紧整理一下袈裟，坐了回去。

寺里掌管僧人事务的维那师叔说：法海，你说这位女施主不是妖，那你怎么解释她在山里伤人性命？

我看着白素，她说：我没有。

我对师叔说：那我还说师叔你偷鸡摸狗呢！

师叔笑一声，说：有凭据吗？

我说：没有。

维那师叔说：既然没有，为什么信口开河？

我说：师叔也没有凭据，又为什么说白素伤害他人？

维那师叔说：好，我的确没有证据，但你也无法证明她是清白的。

我说：师叔给点时间，我下山去查，若是白素，我亲手灭她，若不是，打破山门，火烧金山寺，我也救她！

维那师叔不语，监寺说：我怎么知道你会不会逃了！

我说：我还真没这么想过，师叔你这么想，你的大慈大悲哪儿去了？

维那师叔说：那好，我给你三天。

我说：光是下山就要一天，一来一回，两天没了。

维那师叔说：那你要多久？

我说：两三年吧，最好四五年。

监寺说：你想得美！

真盲师叔说：七天，七天之后你不来，我就炼化白蛇，挫骨扬灰。

我没话说。

十二降魔僧走进大殿，领走白素，我说：别怕。

她走了几步，转过身，说：和尚，走多远，我都能看见你。

这时，殿外突然有人大号一声，泪流满面，说：佛祖啊，也赐我一个如此痴情的妖怪吧！

我一看，是法牛师兄……

退出大雄宝殿，人群里找到法牛，他擦擦鼻涕，说：师弟啊，老实跟你说，师兄这辈子第二大憾事，就是现在才认识白姑娘！

我说：那第一大憾事呢？

他说：没有在你之前认识白姑娘。

我说：……

他说：师弟，如今寺里剑拔弩张，你一个人下山，恐怕被暗算，我跟你走一趟吧。

一面走着，我说：怎么不见师父？

法牛回头看看，叹息一声，说：唉，不可说……

这一刻，我忽然觉得，金山寺也像是江湖。

法牛说：我看你下了山啊，就别回来了。

我说：不行，白素还等我呢！

法牛说：你真以为长老要对付她吗？你懂佛心，可是一点都不懂人心！

我们回僧舍收捡了一点干粮，带两条少林棍，火速下山。一路上不停不歇，见了人就打听，我们很快找到了曾被蛇妖袭击的放牛小哥。他声称遭遇蛇妖，是端午节前一天的事。

端午，隔现在都好几个月了，我觉得，真盲师叔如果不是喜欢秋后算账，就是反应比我师父还慢。

关于蛇妖的事，放牛小哥说，那天他骑着一头水牛进山，一面放牛，一面找箬叶，准备回家包粽子。半路上下起大雨，慌乱之中看见一个山洞，于是牵了牛进去避雨。一会儿，突然一声巨雷响，天摇地动。洞里什么东西受到惊吓，呼呼低吼，往外飞奔，他毛发倒竖，扔了牛绳就逃——

我打断他说：谢谢，谢谢你讲得那么生动，你赶快告诉我蛇妖在哪儿吧。

放牛小哥说：见着蛇妖，那是晚上的事了。

我说：那你白天在洞里看见了什么？

放牛小哥说：野猫，猪那么大一只野猫！

我说：你扯得真远……

放牛小哥说：要不怎么说是飞奔呢？你见过蛇飞奔的啊，那不成壁虎了！

我说：你还挺严谨……

放牛小哥说：蛇妖好吓人的，我想先说个别的，让你们缓冲一下。

我说：你别缓冲了，我赶时间。

放牛小哥说：那天晚上，洞里很冷——

我说：等等，你怎么还在洞里？

放牛小哥说：这不是给那只野猫吓的嘛，它一吓，我就跑，我一跑，就跌进沟里，等爬出来，天已经黑了。山里豺狼多，不敢走夜路，我只好在洞里过夜。

我说：哦……

放牛小哥说：在洞里睡着，半夜又下雨，突然一道闪电，亮得跟白天似的，一睁眼，看见洞顶盘着一个东西，像条老树根……咦，我说你们怎么不吓一跳啊？

我跳了一下，说：你继续。

放牛小哥说：第一次没看清，等了一会儿，又是一道闪电，看见一点点，像鱼鳞。我大气不敢喘，直愣愣盯着洞顶。没多久，连着来了好几个闪电，终于看清，是腰杆粗一条大青蛇，哎呀，我的妈——

我打断说：不是白蛇？

放牛小哥说：青得跟人吃了毒蘑菇似的，怎么不是青蛇！我说，你不要老打断我啊，刚才说到哪儿了？

法牛说：哎呀，我的妈。

放牛小哥说：哎呀，我的妈，我拔腿就跑，但是天黑嘛，加上道路湿滑，也不知撞了多少树，差点都撞残废了。第二天带了十几个哥们儿上山，我家水牛还在洞里，但是找了好几天，也没见着青蛇。后来听人说，走山路的时候，有一条青蛇挡道，像个大树干横在路上，不见头不见尾。那人磕了好几个头，再抬头，青蛇就不见了。

我说：原来你的伤全是自己撞的。

放牛小哥说：那也是青蛇给吓的，要不然我跑什么。

我对法牛说：人没死，牛也没死，那条青蛇不算坏，抓回去，总觉得有点儿栽赃陷害的意思……

放牛小哥说：坏，怎么不坏！那条青蛇啊，经常化作一个漂亮姑娘，遇见男人就以身相许，等着上了花轿到了新郎官家里，掀开帘子一看，哇，一条大青蛇，不知吓死多少人了！我啊，都给她骗了一回。

我说：那你怎么没死？

放牛小哥说：都已经见过一次了，再见到，也就是比较吃惊，不至于吓死。

我说：青蛇常在什么地方出没？

放牛小哥说：哈哈，和尚，你也想讨她做老婆呀！

我把少林棍往地上一杵，说：我是金山寺法海禅师，下山捉妖来的。

放牛小哥说：这样，我看你的相貌身材跟我比，也就半斤八两，那条青蛇啊，好色，她中意我，当然也会中意你。你都不必主动去找，就往水边阴凉地一躺，胸膛一敞，她自己就来了。

我看着他，内心充满疑惑。

放牛小哥说：你还别不信，这办法一试一个准，现在大家不结伴都不敢进山了。

我说：我和你真是半斤对八两吗？

放牛小哥说：好啦，好啦，我是比你好看一点点，但你是禅师嘛，有学问，这一点我输给你好了。就这样，我干活去了。

辞别放牛小哥，山中一行，我和法牛师兄心怀侥幸，尽往水边走。巨岩下，洞穴里，更是挖地三尺不嫌累。常常是拨开齐膝盖深的野草，猛然蹿出一条游蛇，身躯挺立，意欲扑人。有时没见着蛇，就听到沙沙声，法牛师兄轻功好，一下子跳上树，就留我一个人站在草窠里……

这样过了四天，什么乌梢蛇啦、赤练蛇啦，以及各种平常水蛇都撞着了，就是难见青蛇踪迹。

到了约定期限的前一天，我和法牛师兄原路退回，路上遇见七八个少年不断从附近河道打水过来，倒进一个胳膊粗细的洞穴。

我和法牛师兄看了一会儿，洞穴渐渐淹没，一条棕蛇游出来，众人捡起树枝石头乱打。我立刻上前制止，棕蛇既不伤人，又不偷谁家鸡鸭，本本分分，却遭此横祸，它要是稍微通点人性，心不知多寒。

一个人拎着蛇尾说：和尚，你吃不吃肉，我卖给你啊！

棕蛇突然卷起身子，往他大腿一咬。其余几人见了，抓着蛇把嘴掰开，然后往地上一扔，一脚踩死。

被咬的人说：和尚，你看，这条蛇多恶，要是毒蛇，我就死了！

我说：你要是好人，它就活了。

那人又把死蛇拾起，说：完全听不懂你在讲什么，大家走啦，回家烧肉。

法牛师兄双手合十，默念往生咒，念完，他说：你怎么不念？

我无话回应。

继续上路，走了三四里地，山路旁一棵老树上，孤零零坐着一个青衣少女，她怀里兜着山中野果，一面吃一面吐核。我和师兄从树下经过，她“噗”一声，吐一粒核，正中我头顶。

我往左迈一大步，沿着山崖边缘走，不料，她一吐，又砸中我的脑袋。

我说你怎么这样呢，她于是把果子全塞进嘴里，我和师兄一看，抱头就跑。

跑着跑着，突然下雨，雨里夹杂蚕豆大的冰雹，劈头盖脸落下来。眼看路前有块突兀巨石，下边空隙刚好够人蹲的，我和师兄赶紧弯腰进去，盘腿坐下，静等雨过天晴。

不久，青衣少女也来了，她不似一般女子那样避讳，挨着我就坐下，双手抱着膝盖，无声看雨。她坐在最边上，风一吹，雨打在身上。我说跟她换一下吧，让她坐里边。她挪进来，不言谢，甚至不言语。

这场雨，下得山里又凉快又寂寥，泥地上一只青蛙慢吞吞爬过，对面树上，两只松鼠半醒半睡，傻坐枝头。

这时，青衣少女又吐一枚果核，正中那只青蛙，然后说：无聊。

雨过天晴，我和法牛师兄准备起身回寺，却看见青衣少女倚着石壁睡着了。我和师兄商量之后，决定等她醒来再走。

到了黄昏，少女突然睁眼看我们，目光凶恶，让人都不敢回视。

法牛师兄对她说：你别误会啊，我们看你形单影只，怕你被青蛇吃了才留下来保护你。

少女不屑，说：一条蛇，有什么可怕。

法牛师兄展开双臂比画一下，说：是这么粗这么大一条青蛇。

少女说：不对，比这还要大。

说着，她的瞳孔突然泛红，脸颊生出一层鳞片，猛然变成一条青色巨蛇。法牛师兄吓了一跳，本能地将少林棍横在胸前，说：原来是你，找你多时了！

青蛇伸头一顶，法牛师兄侧身避开，同时一棒劈下来，正中蛇头。青蛇恼怒，亮出獠牙喷溅毒液。我赶紧冲到师兄跟前，结披甲护身法印，将毒液弹开。

青蛇扭转身体，甩尾一扫，突破法印，我和师兄被击飞，滚到草丛里，感觉就像给奔跑的黄牛撞了一下。

法牛师兄爬起来，抡棍就打，青蛇突然又化为一条小蛇，一下子蹿进小溪，不见了。我们提着少林棍，把水里能翻动的石头都翻了一遍。天色渐渐暗淡，月光之下，青蛇更加难找，又怕冷不防被她咬一口，我们只好上岸，等天亮再说。

一会儿，听到一个女子的声音，却不见其人，她说：和尚，我见过你。

法牛师兄说：在哪儿？

她说：不是你。

我说：但我没见过你。

她说：你，白蛇，我都见过。

我说：哦，那天抢金丹的青蛇是你吧？

灌木丛里窸窸窣窣响了一阵，青衣少女走出来，法牛马上举起少林棍。她说：我有五百年修为，刀劈斧剁，火烧雷击，都受过了，你要能打死我，求之不得。

法牛师兄嘿嘿笑一声，把棍子放下。

她说：你们这么辛苦找我，想干什么？

我说：你怎么知道我们找你？

她说：你们找我多久，我就跟了你们多久。

我说：那我岂不是一回头就能看见你！

她说：对，但你今天才回头。

我说：我们下山降伏你，你不怕吗？

她说：你们能打过我了再说。

我说：我不想跟你打，只想拜托你走一趟金山寺，证明一个人的清白。

她说：谁？

我说：白蛇。

她说：白蛇抢走我的金丹，我还帮她，我傻啊！

我说：金丹是我冒死取来的，应该算我的。

她说：要我帮忙，总得有什么好处吧？

我说：我是出家人，四大皆空，什么都给不了你。

她说：好，那我就跟你走一趟。

法牛诧异，说：为啥？

她说：你不必管。

我对她说：我叫法海，我师兄叫法牛，你叫什么？

她说：我是蛇，怎会有人名，你非要叫，就叫我小青。

我们三人星夜赶回金山寺，法牛师兄不方便出面，独自回僧舍去了。我和小青来到大雄宝殿，天已微微亮。伴着晨钟，诸位长老入殿坐定，外边一群武僧持棍戒严。

监寺绕着小青正走一圈，反走一圈，说：法海，你说她是，她就是啊？

真盲师叔说：妖气腾腾，的确是妖。

监寺赶紧后退两步，说：山下吞人妖蛇，是不是你？

小青说：嗯。

监寺说：你这样就认了，我反而很难相信。

小青呵呵冷笑，说：不吞人，那我岂不是仙女了。

我拉一下小青的衣袖，说：你只是把人吓死一片，什么时候吞人了？

小青说：那时，你还没生出来呢。

我说：谁问那么远，就说最近。

小青说：人是臭的，吞一个，胃胀几十年，吞老鼠都比人好，若不是火大，吞了那个人，谁还拿人当饭吃哪！

监寺说：照你这么说，你就吞了一个人，那剩下的与你无关了？

小青说：这城那么大，修炼得道的又不只是我，你们金山寺不就有一个吗？

监寺大笑一声，说：法海，你还有什么话说！

我说：她胡扯！

监寺说：你胡扯！

我说：村民都看见是青蛇，师叔怎能不分青白，硬说是白蛇。

小青叉腰一笑，说：哈哈，我说的是那只玉蛤蟆，你们以为是谁呀！

监寺说：两条蛇精都不是好东西，管它青白，一起炼化了！

这时，小青突然化身巨蛇，蛇尾一扫，把监寺甩上房梁。我看他，起码断了三四条肋骨。身后，十二降魔僧冲进大殿，他们不去制伏青蛇，反而一棍子先把我制伏了。

我诧异：这是干吗？

他们说：不先制伏你，你肯定出手。

说话间，余下僧人围困青蛇布下阵型，青蛇顾头难顾尾，被一只降魔杵钉在殿内石柱上。青蛇疼痛，甩头顶撞，大殿里僧人、佛像倒了一片。真盲师叔侧耳倾听，突然挥袖一甩，两只降魔杵正中……一个降魔僧……

大家正诧异，那降魔僧倒地昏厥，手里铁棍歪打正着，击中青蛇七寸。青蛇渐渐无力，化为小蛇，匍匐在地上。

我挣脱束缚，扑上去拾起青蛇，将她藏到怀里保护。

监寺说：你看，还说你没跟蛇妖勾结！

这时，殿外来了一个人，他一来，众长老起身迎接。真盲师叔合掌说：寺里除了住持，就数真原师兄最有威信，此事如何料理，请师兄定夺。

真原师叔看着我，一挥手，说：逐出金山寺。

我说：师叔，你……

真原师叔说：你干吗叫我师叔，你是？

我说：我是法海。

真原师叔说：呀，我还以为审的是真冥呢……

监寺说：法旨已下，不容更改！法海，念在我佛慈悲，和尚你还继续做，但金山寺已不能容你，你去别处修行吧。

监寺一声令下，十二降魔僧扛着我直走到山门外，往地上一扔，回寺去了。青蛇蹿出来，落到地上，又化为人。

我说：真想掐死你！

小青说：求之不得。

我说：我请你来，是要救人的，不是让你自尽的。

小青说：你这个凡夫，最长活不过五十年，你又怎会懂长生不老的苦……

我说：你不要咒我短命！

小青说：其实你也苦，刚才我还想，要不要一掌先拍死你，大家一起解脱了。

我说：想死，你怎么不去跳崖啊！

小青说：你以为我没跳过？还以为金山寺的老和尚能赐我一死，结果我差点赐他一死。

我无语……

小青说：事已至此，你有什么打算？

我说：算了，白素的事，本来就是我的事，你走吧。

我遥望山顶金山寺，二十年前，师父在山门外收留我，那时我还是个婴儿，师父就这样抱着我，一步一步遁入空门……想到这里，我合掌下跪，三步一磕头往山上走。

小青说：呀呀呀，和尚，山高路远，磕死你啊！

我不语，继续上山。跪拜到半路，我有点儿头晕，几乎站不稳了。小青扶着我说：行了，行了，和尚，你要救白蛇还不简单，我拼了性命杀上山，换她回来就得了！

我说：金山寺对我有恩，你不要妄造杀孽。

起身时，我眼见青石板上沾着一点血，双膝都已磕破了。路上香客围观，指指点点，小青一挥手，掀起狂风，把人都吹下山坡。

不知何时，眼看大殿终于近在眼前，寺里僧众都赶来，山路两旁合掌站立。

小青说：你看，他们已经被你感动了，再跪，你两条腿都废了！

我说：马上就到山顶了。

小青说：你再跪，我就杀秃驴，你跪一次，我杀一个！

这时，法牛师兄匆匆赶来，说：快起来，真盲师叔知道你心诚，白素已经放了，在后山竹林等你。

小青说：真没见过你这么傻的和尚，幸好你师叔知道得早，否则还没感动他，你自己先跪死了！

老实说，我还真没想过感动谁，一切作为，皆是赎罪，赎我准备大开杀戒救白素之罪。

小青听我解释了，说：你牛……

当下，法牛师兄背着我去了后山，青石之上，师父盘腿坐定，一边立着白素，她一见我，立刻过来扶我下地。一滴水落到我脸上，我说：你别一见我就流口水嘛。

白素抹去眼泪，说：咬你！

我合掌，对师父说：让师父你白费了二十年心血，刚才三步一拜，就算报答师父吧。

师父左手往左边一指，说：法海，你看，这是什么？

我说：空气。

师父说：看远一点。

我说：远处的空气。

师父说：不对，是竹子。

我说：是，竹子。

师父右手往右一指，说：你再看，这是什么？

我说：还是竹子。

师父说：对，竹子长到哪儿都是竹子，你在金山寺修行，又或者在外边修行，都是修行，我的心血，又怎会白费？

我说：不一样，竹子要在饭馆修行，就成筷子了。

师父笑而不语，他挥一挥袈裟，青石之上灰尘飘飞。

我说：师父的意思是，无风不起尘，我是竹子还是筷子，全看个人造化？

师父说：我就是赶下苍蝇。

我说：啊？

师父对法牛师兄招下手，法牛茫然不动。师父说：我叫你过来。

法牛师兄说：我以为师父又赶苍蝇呢……

师父对法牛耳语几句，他便绕到青石后，取来一个木盒，打开一看，是师父的衣钵！

白素说：大师，法海他不缺衣裳，你还是留着自己穿吧。

我说：师父是要我做住持。

白素捏我一把，说：不是！

师父突然发笑，他说：法海，法海，你虽已遁入空门，却注定沾染一身红尘哪……不过，这是一件好事。

我说：为什么好呀？

师父说：不可说。

我说：又不可说！

师父说：一切智慧，可概括为两句话，只是落到你身上，为师必须说三句。

我说：哪三句？

师父说：为你而做，任她去做；该你去做，三思再做；不该你做，你就别做。

我说：记住了。

师父说：为师再教你一个法印，好让你行走江湖。

我赶紧双手合十，恭恭敬敬看着。师父舒展手指，掌心向外，说：无畏印，无惧无畏，大慈大悲。

我说：这还用学啊，不就是胆子大嘛！

师父说：无畏，不是胆大，是能离舍。

我说：我四大皆空，没有什么不能舍。

师父说：你的命能舍吗？

我说：能。

师父说：我的命，你能舍吗？

我想一想，说：能。

师父说：白素呢？

我想都不想，说：不能。

师父说：呵呵。

我说：那么，师父你无畏了吗？

师父说：生死就在眼前。

说完，师父合了眼，结无畏法印，整个后山登时佛光迸射。

我合掌说：懂了，无畏，就是能放下自己，也能放下别人……师父，走好……

小青拍一下我的脑壳说：你师父是睡着了，还没死呢！再不走，那些和尚追来，你师父的衣钵就真要舍了！

我对师父三拜，然后对师兄说：我下山后，请师兄散布消息，就说住持衣钵在我手里，以免大家为难师父。

师兄说：那你岂不是会被追杀？

我说：我也觉得，那就说在你手上吧。

师兄拍拍我的肩，说：师弟啊，下次再见不知何时，你下了山，有空就化名寄封信过来，免得师父和我牵挂！

拜别师兄，我与白素、小青做伴下山。来到山门，再往前一步，就是繁华人间，滚滚红尘。我心里忐忑，说：我……我回去一趟……

白素朝我伸出手掌，嫣然一笑，说：过来。

第六章　旧情

出了山门，心不知所向，路不知所往。

白素看到天空飞鸟，往南方一指，说：我们随缘而行，就跟它走吧。

前程，就这样决定了。

走着走着，不见小青，一转身，她立在路中央，虽然只是一步之遥，我却觉得她和我们隔了万水千山。

她说：你们走吧，我要回去了。

我说：你要是饿了，我们跟青蛙走也行。

小青白我一眼，说：你们都没事了，我还跟着干吗？

白素上前拉起她的手，说：不要这么说，你愿意救我，都还没好好谢你呢！

小青说：你谢和尚吧，我没想救你。

白素说：你和我，虽然有幸长生不老，但苦乐自知，既然是同类，又难得相遇，何苦独去独来呢？说着，白素侧过脸看我，我也劝慰小青道：是啊，你一个人走，给捉住了，肯定被剥皮抽筋做成二胡。

白素说：乱讲！

我说：嗯，做二胡是少一点，熬蛇油，泡蛇酒，取蛇胆，要多一点。

白素对小青说：你不要听他的，凡事要往好的一面想！

我说：对，你法力高强，肯定能孤独终老。

白素拍一下我的光头，然后对小青一笑，说：今生不知还有多长，一起做个伴吧！

小青愣了一会儿，脖子上突然起一层鸡皮疙瘩。

我说：你这反应也太夸张了吧！

小青挣脱白素，转身就走。白素欲追，身后突然冒出一个老头，左手牵马，右手举鞭，指着小青背影，说：你……你……是你！

老头好激动，拳头一纂，拽下一把鬃毛。白马哀嚎一声，甩着头跑了。老头也不追马，就指着小青，说：蛇！你是蛇！

小青立住脚步，良久，猛然回过身，脸上青色蛇鳞一开一合，像鱼鳃一呼一吸，我看了，当时就想作呕！老头吓得往后一仰，瘫坐在地上。我正要扶，他连滚带爬，一头扎进田里，跌跌撞撞逃了。

老头走了，小青就恢复原来面貌，嘴角一扬，说：呵呵，男人……

我说：你那样，别说男人，男妖都被你吓死了。

小青说：和尚，你再说话，杀了你啊！

这时，白素往我身前一站，轻抚小青的脸，说：小青妹妹，你长生，他命短，你是妖，他是人，结局，是早已注定的……

小青听了，突然落泪。

我说：白素，你别搓她的脸了，你看，都把她搓疼了。

小青为什么哭，后来我听说，那老头，别看他现在疯疯癫癫，过去也是风度翩翩。六十年前，小青一见了他，便以为一顶花轿，一块红头巾，就是归宿。不料，那男人竟连个住宿也没有。

当时，他住在坟地边上，为过门不到半年的亡妻守墓。他搭了间小木屋，漏风又漏雨，一守就是四年。小青常常卧在树梢晒太阳，没什么看的，就对他默默注目。

每隔几日，他会挑一担柴、两筐野菜，进城换钱买药；买了药材，亲自熬给母亲服下，再把母亲织好的布拿去市集出售，赚得一点银子，到钱庄还债；还债回来，金山寺里走一趟，抄写金刚经，超度亡父、亡妻；等到天黑，提着灯笼回那间小木屋，一个人对着一片坟，心里苦闷繁多，睡不着，一坐就到天亮……

小青每天看着他，日久生同情，同情生痴情。一天夜里，他又点灯走夜路，小青化作人形往河边一坐，甩开脚丫子踩水，那男人听见水声，循着声音举起灯笼，和小青的目光一接上，居然一见如故。

后来小青不忍他受苦，说山中有灵芝草，摘下来，可以换座大宅子。那男人当天出发，果然寻到灵芝草，就是奇怪，未免也太容易了，就长在他家门口，跟采蘑菇似的。后来，他也将灵芝草以蘑菇的价格卖了……

小青差点气死，又指条路，让他去找灵芝草。

等到境况稍有好转，母亲突然瘫痪，那男人整日整日地侍奉，喂汤喂药，不得已冷落小青。小青一看，这还得了，又想到一计，说山中有百年青蛇，取它一寸蛇鳞，熬汤服用，能使枯木逢春。那男人立刻提上柴刀进山，运气真是好，第二天就遇见青蛇，一伸手就抓住。割了蛇鳞回来，母亲服下，当天下午就能下地行走，过了三五天，完全康复。

那男人家境渐渐殷实，已没有那么多挂碍了，这时小青有情，他有意，论及婚嫁，皆大欢喜。不料那年城里突然大旱，米比水贵，水比金贵，满城凄凉，婚事，只好拖延……

小青于是连夜出走，化身巨蛇，百里山川横冲直撞，虽然遍体鳞伤，却劈开一条山涧，引来远方河水。当时有人远远看见迷雾里一条青色巨物翻腾，以为是龙，今天那条山涧叫青龙涧，就是这么来的。

旱灾平息后，有一天，那男人又提柴刀进山。小青不解，他说，世事无常，他算是看透了。小青吓了一跳，以为他要出家。他说要找到那条青蛇，卖了它，换个一官半爵。过去他以为“穷得要死”是打比方，但是经历一场旱灾，他发现这哪是打比方，简直是法律啊！

小青说：那条青蛇救你母亲一命，你还要杀它？

那男人说：既然救了我娘一命，再救我一命呗！

小青当时就发怒了，现出原形要吞他。那男人登时吓晕，小青把他紧紧缠绕，就听见骨头咔咔响，刚吞了他一只手，觉得恶心，又把他吐出来。醒来后，那男人就疯了。

听完，我热泪盈眶。

小青说：和尚，我都不难过，你难过什么？

我说：我不是难过，是高兴，原来你不吃人，那我们可以一起上路了！

小青不屑，冷哼一声。

正说着话，泥地里突然飞出一把钢叉，要不是白素挥手挡开，我和小青已被穿成一串。

我说：小青，放下我，别拿我当肉盾嘛！

小青一甩手，把我扔地上。这时，泥地里突然站起百十来号人，身上抹泥浆，手持钢刀钢叉，全是趁我们不备，一点点爬过来的。当中一个人举起杀猪刀，朝小青一扔，说：她！杀死她！

听声音，这不就是刚才逃走的老头吗?小青不避不让，刀划过肩膀，溅几滴血在我脸上，冷得像冰。

我赶紧拉她到身后，说：你想被切片啊！

小青说：这一刀，还他往日恩，我们从此两清！和尚，你让开，否则溅你一身血！

我诧异：你还要在这儿给人劈？

小青白我一眼，说：我是说他们的血，他们的血，死秃驴。

我说：阿弥陀佛，饶他一命，胜造七级浮屠。

小青想了一会儿，说：造浮屠要花多少钱？

我无语……

眼下，猎户越来越接近，喊杀声一片。前边一排猎户齐刷刷举起钢叉，朝我们投射。白素轻舞衣袖，扬起地上柳叶，击中钢叉，居然叮叮当当地响。钢叉落到地上，断的断，弯的弯。

后边又跟上一排猎户，朝我们扔石头，我把白素揽到身边，手结披甲护身法印。石头，全挡在法印之外。扔完了石头，又来一群扔火把的，我还在想，接下来该扔啥了，身边石块突然烧起来。我一看，哪是石头，全是黑火药！

猎户扔来十几只火把，身边烧成一片，黑烟缭绕，法印渐渐抵挡不住。小青突然化为巨蛇，盘绕起来护住我和白素。

四下登时变暗，外边不知发生什么，就闻见一股烧肉的味道，又听见猎户近在身边，刀斧噌噌地响。小青难忍疼痛，猛然展开身体，地上翻滚。猎户见了，赶紧上树躲避。周围火药仍灼烧不息，硝烟弥漫，眼睛几乎睁不开。

一个猎户大喊一声，从树上跳下，白素一掌把他掀翻。他揉揉屁股，又举刀来砍。我看白素左手温柔，右手和善，一招一式全是慈悲，我们仨早晚被剁了。于是我结菩提金光印，掌心金光明晃晃像烈日，我自己差点都瞎了。

猎户受金光刺激，赶紧捂脸，却仍不放弃，挥刀乱砍，砍到自己人也不管了。白素呼唤小青，两人互相搀扶，往无人小路走了。等她们走远，我的体力渐渐不支，赶紧收了金光，往相反方向逃。等到甩脱猎户，我绕个弯，在清溪之畔寻找白素、小青。

走着走着，灌木丛里一阵摇晃，蹿出一条白蛇，渐渐化为人形。她手里捧着青蛇，我看它皮开肉绽，烧得都有三分熟了。

听到附近猎犬嚎叫，我们立刻往山林深处走，一直走到深夜，猎户的火把星星点点几乎看不见了，才停下来歇息。

逃亡路上，白素一面走一面采摘草药，一有时间，她就借着月光，给青蛇敷药。

小睡了半夜，天还没亮，我们又要启程逃亡。

山里季节变换，逃着逃着，就逃进了冬天……

一天，风雪阻碍，我们往前走多远，就被吹回来多远，寸步难行。于是就近找到一个背风的大树干，捡一些枯枝落叶生火。

小青毕竟是五百年灵蛇，伤口愈合很快，只是她修为尚浅，难逃爬虫命运，此时此刻盘卧在白素怀里沉睡。

等火烧起来了，暖意微弱，挡不住西北风。我于是取出师父的袈裟，给白素披上。她说，佛门珍宝，怎能当被子用。我说，过去师父还拿它当窗帘呢！

一说到师父，心里不是滋味，不知他老人家在金山寺怎样了，屋子一定很亮吧？炉子一定很暖吧？馒头一定很香吧？师父，我一走，何日才是归期呢？

呆坐一会儿，我渐渐饿了，于是外出去找吃的。

冬日里，大雪覆盖，野果野菜冻死一片，也不知还有什么可以果腹。突然听到有人说话，我赶紧立到树后，不料身体靠得太猛，树上积雪劈头盖脸砸下来，把我埋了。等着被人家挖出来，对方披着蓑衣戴着斗笠，手上还拿着钢叉。这些猎户真是执着，一追几个月！

我手结脱身法印，眼前一黑，以为已经飞身到树上，不料，是饿得眼前一黑。一个猎户拍一下我的肩，说：小哥，穿这么点，不冷啊？

我不解，他居然不叫我大师。我挠挠头，有毛，很扎手，原来很久没剃头，长头发了……

猎户说：你一个人在深山里做什么？

我说：找吃的。

猎户说：我看你不是找吃的，是找死！这山里，有条腰杆粗的大青蛇，你小心给吞了！

我说：你们就不怕吗？

猎户晃一晃刀，说：我们有家伙。

另一个猎户从背囊里拿出一只野兔，说：你拿去吧，赶快回家。

我说：阿弥陀佛，出家——

突然发现话要是这么说就完了，赶紧改口，说我娘病重，我在寺里许过愿，要吃斋一年的。

猎户说：你还信这个……

说着，他重新拿出一点干粮给我，我说这怎么好意思，他说：我们一路走一路打猎，饿不着。

我说：你们心肠不坏，怎么就跟那条青蛇有那么大仇呢？

猎户说：哈哈，什么仇不仇的，哪有那么大的仇，挣钱最大啦！

我说：……

他说：你想啊，五百年灵蛇肉，你要是有个不孕不育、痔疮便秘、痤疮粉刺，都能治！

另一个猎户说：小哥，你要是在哪儿见着青蛇了，告诉一声，反正你也抓不住，等我们抓了，大家二八分账。

我说：没见过，没见过，见过的话，我已是死人了！

他说：那好，你快回家吧，我们告辞了。

等猎户走远，我赶紧回去。白素倚着树干睡着了，嘴唇冻得发紫，我看了心疼，干脆把她往身上一背，拼命赶路。

白素伏在我肩头，她一呼气，我就觉得脸颊很暖。

几经辗转，我们终于走出山林。远远望见一座城，水巷、小桥、轻舟，烟波里人来人往。

我心情大好，白素一笑，说：你傻笑什么？

我说：可以生而生，是天福，可以死而死，也是天福，我们死里逃生，真是幸福！

小青左右推开我们，站在中间，往路边石碑一看，说：姑妈城。

第七章　花娘子

姑苏这座城，十四岁那年，我跟随师父下山伏魔，曾经走过一回。

当时城里流传，天光初亮，水面最平静的时候，把耳朵贴着河面，能听到哭声。一旦行船出航，两岸走马，哭声便消散了。

城里还流传，六百多口古井，本来清透的水，夜里莫名变得浑浊，有一股刺鼻的铁锈味道。

我和师父从金山寺风尘仆仆赶来，路上又听说姑苏城里一条渔船大白天在河道里行船时，船底突然撞上什么，沉了。两岸阁楼里的人，清清楚楚看见一个黑色的东西，体大如船，缓缓穿过河道，潜入了柳湖。

刚到姑苏城门，公差和乡绅都来迎接，又是放鞭炮，又是打腰鼓。他们说城里传说越来越多，人心惶惶，都不知道怎么办才好了。

我说：那还不简单，把搞出这些传说的人抓起来，传说就没了嘛！

师父给了我屁股一禅杖，然后请众人领路，去最后看见那黑色怪物的地方，柳湖。

到了以后，师父在岸边顶礼膜拜，然后念了半日金刚经，取下佛珠往水中一抛。

大家说：这就好了？

师父说：好了。

大家说：不行吧，你看人家神婆又唱又跳的，折腾了三天三夜，就算骗钱，也要用点心啊！

师父微微一笑，说：阿弥陀佛。

我说：骗子不都是把简单的事做得很复杂来骗钱的吗？

大家觉得有点道理，强留我们住了几天，直到城里再没人听到诡异的哭声了，才放我们走。为了弥补对我师徒二人的不恭，大家决定捐两座桥给我们，一座叫“真骚桥”，一座叫“法海桥”。

我说：那我和师父岂不是让千人踩万人踏了？

此事不了了之。

多年后再登姑苏城，和回忆比较，还是旧时的样子。

我们一行三人进了姑苏城，小青说：眼下最要紧的，是给秃驴换身俗家人的衣裳，免得引人围观。

我对小青说：你要不是老拉长着脸，谁当你是驴啊！

小青登时脸色发青，露出嘴角毒牙。白素隔开我们，左手挽着她，右手挽着我，说：我有两百年没来过姑苏了，今天可要好好逛逛！

小青听了，脸色渐渐正常。

白素指一下街边，说：你们看，那间小小的点心铺，很久以前呢是个老婆婆经营，那时她的孙女还小，搬一条小板凳坐在门前织鸟笼，她有个弟弟，手里捏着一只麻雀，说“姐姐，姐姐，蒸笼什么时候才做好呀”……

我看过去，两百年了，点心铺已不知换过多少代人，时光轮转，现在店里又坐着一老一少。我想，所谓历史，不过就是一个大循环吧。

街上走马观花，经过一个摊子，蒸包子的热气扑到脸上，突然觉得饿了。白素说姑苏城有家面馆，百年老店，一定要去尝尝。我说：你都两百年没来了，就是说，这家面馆你也惦记了两百年哪。她推我一下，说：走啦，话多！

到了那家面馆，门庭若市。很奇怪，我见过的面，不是小麦色就是白色，烧煳了，最多是黑色，然而店里出锅的，一根根都是绿色，像竹子，但软软的。

听人家介绍，三百年前，姑苏城有个姓范的儒生赴京赶考，半道上迷路，又渴又饿的，差点昏厥。幸好遇见一个山里采茶的姑娘，领他到一间茅草小屋，给了他一碗面，又给他指路。

后来儒生中榜，调任河南，一晃四十年，衣锦还乡。经过古道边一座破落茅草屋时，想起四十年前那个穿青衣的姑娘，又想起她的一碗面，心里感怀，于是在姑苏城里开了一家小面馆，又把面裹上蔬菜汁做成青色，聊以怀念。不料面竟然意外地好吃，于是世世代代传承下来，直到今天。

听完，我看看小青，她嘴里咬着筷子，突然朝我一吐，差点戳瞎我一只眼。

白素说：和尚，我们还有多少银子？

我解开行囊，师父给的盘缠，一路走来，剩下的只够买两碗面了。

小青说：你们吃，我不饿。

白素说：两碗面，三个人吃，这才叫患难与共嘛！

一会儿，老板把面端上，白素多要了一只碗，把面分成三份，然后对我说：和尚，你去要一壶茶，茶水不要钱。她又对小青说：小青妹妹，你跟店家要一点咸菜，也不要钱的。

我于是起身去讨茶水，刚回到桌前，小青也正好回来了。我看看她，说：你也太不厚道了吧，怎么把菜坛子都抱来了？

小青说：那也没你傻，水缸都拖来了，你洗澡哇！

她把咸菜往桌上一放，然后眯着眼看我。

我说：你看什么？

小青说：为什么你的面比我多？

我一看，还真是。

白素说：面泡久了，自然就多了。

小青看看白素的空瓷碗，说：这么快你就吃完啦？

白素说：我……我饿了嘛！

小青哦一声，低头吃面。

吃完了面，正喝汤，瓷碗内侧映着白素的脸，她在看我。我说有什么好看的，她说，出家人吃相真好看，一点声音不出，捧着碗，就像捧木鱼。

这时，我又看到瓷碗内侧闪过一道白光，我说：青爷，你这白眼翻得也太夸张了吧！

我放下碗，冲一点茶水把剩下的碎屑荡干净。摆好了筷子，突然发现面馆外边站了一群人，一边穿着红袍，袍上绣百花，另一边穿黑袍，袍上绣百鬼，衣裳非红非黑的，全趴在地上。

两队人马进了面馆，一人一脚把食客踹开，把桌椅掀了，只剩中间一张木桌、两条凳子。我和白素、小青贴墙站着，一点一点往外挪。一个红袍大汉亮出一把鱼叉，说：别动！

门外一阵骚动，刀斧手开道，当中过来两顶轿子。红轿子里出来一个女人，三十老几，花枝招展。黑轿子半天没有动静，轿子里的人咳嗽一声，轿夫赶紧把轿子前后掉个头，里边走出一个老头，一大块黑色胎记盖住整张脸，只有脖子是白的。他一挥手，刀斧手就把轿夫扔下河。

那女人走到店里，朝我们歪一下脑袋，红袍大汉退往两边，让出面馆老板。她招下手，说：范叔，给我一碗面，多加胡椒哦。

黑脸老头往长凳上坐下，刚要开口，那女人说：有什么，吃完再讲。

店里气氛一下子变得很诡异，楼上楼下几百号人盯着一个人吃面，更诡异的是，她居然吃得下去。

她正吸着面，老头从袖中掏出一块手帕擦擦汗，然后鼻子一吸，吸一口浓痰吐到手帕上，又把手帕折叠放在桌上。

那女人看了一眼，继续吃面。

老头招下手，黑袍大汉端来一个脸盆，他捧一点水洗了脸，然后脱鞋子洗脚。黑袍大汉立在一边，流下两行清泪。

那女人挠挠鼻尖，面不改色。

洗了脚，老头坐着剪指甲，又黄又老的指甲片满天飞。而后，他又一招手，黑袍大汉扛来一个洗澡用的木桶，老头宽衣解带，那女人把筷子一摔，说：玄头翁，有什么话你说！

玄头翁穿上衣裳，舔一下指尖，在桌上画条线，说：花娘子，在柳湖打鱼是有规矩的，规矩就是，这片湖，你一半，我一半。

花娘子说：嗯，有什么不对？

玄头翁说：不对，现在你的水域比我宽至少三十丈。

花娘子说：雨水少，水位退了，怪就怪你那边水浅。

玄头翁说：规矩定在那儿，我是讲规矩的，就算柳湖只剩一滴水，也得是你一半，我一半！

花娘子冷笑一声，懒得理他。

玄头翁说：你比我多三十丈水，今天就要划分给我。

花娘子说：哪有这么算账的，打个比方，你有一百丈，我也有一百丈，你少了三十丈，现在只有七十丈，我给你三十丈，你是有一百丈了，但我只有七十丈，那还叫一人一半？除非给十五丈，这样你我都是八十五丈。

花娘子说完，楼里几百号人全在扳指头数数。

玄头翁说：十五丈，好，这是你说的啊！

花娘子说：玄头翁，你这样就没意思了。

玄头翁说：那你的意思是？

花娘子说：地盘照旧。

玄头翁说：不行，不照旧，要照规矩，十五丈，你是一定要划给我的。

花娘子一拍桌子，说：我不答应！

穿红袍的“噌”一声亮出鱼叉，对面穿黑袍的掀开袍子，从腰带上解下鱼钩，镰刀那么大，说是勾人的我都信。

花娘子坐着不动，肩头一起一伏很平缓，定力真是了得！玄头翁把脚跟往后收一点，一只手撑着凳子，身体往前倾。在这个剑拔弩张的氛围里，白素突然抓着我的手，十指相扣，我越是挣脱，她越纂得紧。

我想，白素一定是担心两队人随时能打起来，我们拉着手就不会分散了。于是我伸出右手，一把抓住小青的手。不料她反手一拧，我的指尖“咔嚓”一声……

这时，穿红袍的指着对面，说：娘的，敢丢暗器！说完就抄家伙冲上去，鱼叉一投，把两个穿黑袍的钉在墙上。穿黑袍的把鱼钩一甩，勾住三个穿红袍的，拖到对面围殴。

我看准了时机，准备抽身，却不知为何，楼下打架，楼上跟着一片混乱，乱着乱着，变成一片混战。大家似乎很重视代入感，所以看热闹的经常看着看着就打起来。打到最后，往往是围观群众互殴，而之前斗殴的全傻了，都忘了自己是来揍谁的，干脆就把围观群众揍一顿回去领赏……

混战中，玄头翁喉咙一鼓，像个肉色灯笼，他往地上一阵呕吐，吐出一堆银色小鱼。银鱼个头虽小，弓身一扑，竟能扑到人的脖子上，一下子钻进血脉，那人立刻就倒了。

几尾银鱼爬到我们跟前，小青正在嗑松子，她把松子壳朝银鱼一吐，像钉子穿过银鱼，牢牢钉在地板上。

花娘子看自己人就快死绝了，举杯往地上洒几滴酒，酒水落地成霜，大家赶紧退往两边。地上的银鱼，在玄头翁身边跳了两下，冻死了。

玄头翁说：我们打了二十年了，再打，又是二十年。

花娘子斟满酒杯，呷了一口。

玄头翁说：姑苏城那么多湖，区区柳湖，我可以让给你，但做生意是没有白送这么一说的。

花娘子说：那你想要什么？

玄头翁说：老汉我啊，甚至可以退出姑苏城，去镇江和杭州，只要你……

花娘子说：但我不想要你。

玄头翁干咳一阵，说：你说啥？我要的，是柳湖鱼王！

花娘子听了，甩袖子起身，玄头翁说：那你就给地盘，十五丈。

花娘子说：滚！

玄头翁说：好，花娘子既然不按规矩来，那就是要开战，别说老汉我暗算你，明天一早，柳湖上见高低！

说完，玄头翁带人离席。花娘子朝我们走过来，站在面馆老板前边，说：范叔，损坏的东西算我的吧。

老板说：花娘娘，怎么好意思要你赔钱呢？

花娘子说：既然算我的，还赔什么钱，你见过谁自己给自己赔钱的啊！

老板差点呕血。

临走了，花娘子突然回头闻一下白素，若有所思。白素站到我身后，花娘子微微一笑，走了。

我也闻一下白素，说：她闻什么？

白素蹙眉说：不知道，但不是什么好事。

众人散去，老板捡条板凳坐下，面对地上破锅烂碗，捶胸号哭。我双手合十，说：老施主，你看这样好吗，你付我二十文钱，我帮你收拾铺子。

小青说：老头，你付我二十两银子，我帮你收拾刚才那些人。

我说：你这就是抢钱嘛！

小青说：对，我怎么没想到，老头，快给我二百两银子，否则我把你收拾了！

说话间，店里进来一个乞丐，一头灰发，身上挂着铁片、贝壳，每走一步，叮叮当当地响。

老板撵他出去，说：滚你的，我这里再破再烂，也轮不到你来捡破烂！

乞丐哈哈大笑，说：我不是来捡破烂的，是来捡尸的。

老板看地上躺着几个穿黑袍红袍的，说：那你捡吧。

乞丐说：等你死了，一并捡走凑个整数。

老板挥拳头说：王八蛋，滚你的！

乞丐说：唉，死到临头还不自知……

老板说：好，我这就让你自知！

老板抽一条板凳就砸，乞丐不闪不避，板凳离着他的额头还有一寸，突然涌出一股劲风，板凳四分五裂。老板登时傻眼，瘫坐在地上。

乞丐抓着老板的肩膀提他起来，说：你看这店里，一个白蛇妖，一个青蛇妖，你肉眼凡胎，早晚被她们送你投胎！

白素说：你是谁？

乞丐说：呸，蛇妖，你也配知道本天师法号！大爷今天就要收服你，替天行道！

说到这里，乞丐迟疑了一下，自言自语道：咦，怎么说“你”，不说“你们”呢？

小青忽然从他身后立起，天灵盖上一掌，血溅当场……

我怒道：青蛇，你怎么随便杀人！

小青说：我杀人一直很随便。

我说：你妖性不改，看来非得惩戒你了！说完，手结金刚网印，念诵真言，老板大叫一声：妖怪啊！

我说：我不是妖怪，我是金山寺法海禅师。

他想了一会儿，喊道：妖僧啊！

我愣了一下，手中法印不知不觉消散，小青一跃来到跟前，掐着我的脖子。白素伸出食指往她眉心点了一下，她便失去知觉。我脖子一松，猛然吸进一大口气，几乎咳死。

一会儿，白素拍拍小青的脸，她醒后，推开白素，化成一条小青蛇，往墙缝里钻出去了。

白素扶着我，轻抚我的后背，说：还好吗？

我说：还好。

店外传来脚步声，两个红袍大汉来到跟前，抱拳施礼，说：花娘娘请三位……呀，怎么只剩两位了？

白素说：有什么事吗？

大汉说：花娘娘请你们赏脸到府上做客。

我看看白素，她说：那个乞丐，原来是花娘子派来试探我们的。

我说：她好阴险，我们还是不去了吧……

白素说：我们不去，她会更阴险。

红袍大汉说：哈哈，还是这位姑娘懂事啊！

当下，红袍大汉领路，带我们到岸边，搭上一条小船，穿过水巷和市集，摇到一片开阔水域。红袍大汉介绍，这就是柳湖了。船摇到湖中心，雾气渐渐飘散，一座宅园赫然在目，门头上挂一块匾额，上面写着“鱼园”。

船又绕了半圈，来到南墙一个门洞，径直穿过去靠了岸。

踏上回廊，听到一段江南小调，深情款款，像在说故事。

池子里，锦鲤不浮不沉，尾鳍轻摇，好像能听懂。但我听不懂，因为唱的是吴语，只觉得一字一句尽是断肠之声。

走到一座亭子，花娘子立在那儿，歌，就是她唱的。她从竹篮里拎起一尾小鱼，往水里一抛，回廊地板颤颤巍巍，水下冒一阵气泡，一条黑色大鱼跃水而出，吞食小鱼。大鱼落到水里，掀起水花，我和白素的衣裳都打湿了。

花娘子见了我们，道声歉，吩咐侍女带我们去换衣裳。来到阁楼，白素往楼上走了，侍女领我在楼下更衣。衣服拿出来一看，全是红色，无比扎眼。我说怎么都一样？侍女说：不一样呀，公子，你看，这是水红，这是朱红，这是藕色，这是酱紫。我想，袈裟不也是红的嘛，就随便挑一件换了。

刚出门，听到楼梯吱吱呀呀，回过头，我看见白素，看见她一袭红纱衣，心神忽然一乱。

她立在阶梯上，说：我好看吗？

我说：我看好你！

折转长亭，和花娘子相对而坐，她沏上茶，自称是这座宅园的主人，姓花，又问我们怎么称呼。

我合掌说：小僧——

白素突然抓着我的手腕往下一压，打断说：我姓白，他姓唐。

花娘子说：刚才他——

白素说：哦，他单名一个森，森林的森，平时我叫他小森。

花娘子说：原来你叫唐森啊！

我擦把汗，说：罪过……

白素赶紧说：醉过知酒浓，爱过知情重，花娘娘可曾听过？

花娘子说：你们思维那么跳，我都快跟不上了。

白素干笑一声，对我说：小森，你别那么跳了啊！

我闭上嘴点点头，不敢再接话，四下看风景。虽然是二月寒春，园里百花顶风盛放，风起时，花瓣纷扬。

亭下一席对谈，花娘子自述身世，说，十二年前，她四处游历，乘一叶小舟穿过姑苏城时，撞上了另一条船，对面跌过来一个儒生，出乎意料，但又好像符合期待。花娘子搀他起来，看见他一身白衣，一把白扇，脸颊干干净净，看着看着，就想咬上一口，莫名其妙，但又发自内心……

当时两人挨得很近，儒生一呼一吸，热气擦着花娘子的脸，她登时芳心大乱。儒生拱手告辞，她一把攥着他的手。

一面之缘，竟至于不舍。

不料，船刚穿过一座石桥，桥上跳下来一个红胡子大汉，说：淫贼大力，老子等你多时了！

说着就是一棒，儒生当场昏死。

红胡子大汉见船舱里坐着花娘子，赶紧单膝跪下，拱手说：对不起，惊扰了姑娘，这个白面儒生，其实是个大淫贼，姑娘你……没什么事吧？

花娘子摇摇头。

大汉见花娘子一个人远行，就决定护送她一程，又怕花娘子有所顾虑，于是立在船头，任凭风吹日晒，绝不入船舱半步。

花娘子心里慨叹，这真是个可以依靠的男人呀！

不料，岸上突然飞来一串铁链，钩住红胡子大汉。

一个穿铠甲的男子飞身到船上，单手一掌，劈晕大汉。他看见花娘子，抱拳说：姑娘真是大意，竟跟人贩子同乘一条船，看你如花似玉的，卖到青楼，又要吹箫，又要吹唢呐，还要吟诗绘画，想想都觉得残忍呢！

花娘子刚要道谢，迎面闯过来一条独木舟，上边立着一个道士，说：哈哈，妖孽，哪里逃！说完，撒一把符咒，穿铠甲的男子化作一阵黑烟，道士跳过来，拂尘一扫，烟消云散。

与此同时，水下扑出一个黑衣人，一拳把道士打趴下，说：反贼，我找你十年了！

与此同时，船夫挥起船桨一拍，黑衣人脑浆迸裂，船夫突然跪下，说：母亲大人，孩儿终于替你报仇了！

与此同时，一群姑娘跳上船，掐着船夫脖子，花娘子赶紧弃船下水，身后只听见姑娘们说：负心人，今天就要跟你同归于尽……

花娘子浮在水上，回想刚才，脑中一片茫然。这时，岸边伸过来一只手，说：姑娘快上岸！

花娘子仰起头，看见一张脸，憨，厚，跟他的手一样。

花娘子一笑，他也笑。

……

一夜过后，他突然要走，花娘子不舍，留他一夜。第二天他又要走，花娘子大怒，觉得他竟然是这种人，实在可恨，出门居然用走的，不坐轿子，看来也是个穷鬼！他没话说，继续住下来，又过了一夜，花娘子醒过来，抱着他一亲，湿湿的，怀里居然是狗那么大一条黑鱼，躺在床上奄奄一息。

花娘子赶紧把他放到水里，然而，他再也没有变回人形。

变成了鱼，他就在姑苏城河道里游荡，一高兴就叫唤两声，不料他的叫声像哭声，吓死了一片人。后来有人白天看见他，已长到船那么大了，姑苏人没见过那么大的鱼，大家都觉得他是鱼王。再后来，金山寺来了一老一小两个和尚，往柳湖里扔了一串佛珠，鱼王以为人家来投食了，一口吞下，差点噎死。

这件事发生后，花娘子在柳湖中心造起一座宅园，日夜陪伴，盼他有一天从水里再走出来……

不料，金山寺的和尚走了，玄头翁就来了。

玄头翁是一千五百年乌鬼，他还没有化成人的时候，曾经想吞食花娘子。花娘子跟他的宿怨，就是那时结下的。

玄头翁来了姑苏城，不论什么，都要从花娘子那里分割一半。不给，就雇人上花娘子家吃瓜、刺绣、捏脚、骑马……公差来了，他们就跑。公差走了，他们就回。花娘子不堪其扰，妥协了。

如今玄头翁又想要鱼王了，所以借故重新划分柳湖，就是想把鱼府划到他的范围里。而鱼府是鱼王最常出没的地方。

说到这里，花娘子看看我，看看白素，又看回我，说：别人听了这故事，都是眼里出水，你怎么额头出水？

我擦把汗，说：那是因为，别人都把自己当成你，而我把自己当成那条鱼。

花娘子说：他可不是普通的鱼！

我说：你也不是普通的人。

花娘子说：对，我是花仙子。

我说：玄头翁是千年乌鬼，我听说过伥鬼水鬼，乌鬼是什么鬼？

花娘子笑一声，说：乌鬼不是鬼，是水鸟。

白素补充说：就是鱼鹰。

我于是释然。

聊着聊着，不觉天黑，花娘子安排饭食招待。菜肴上桌，扫一眼，果然没有鱼。席间，花娘子不说为什么邀请我们，她不说，我们也不问。我们觉得她肯定在等我们问，但我们都不想问。

这天晚上，睡到半夜，听到有人轻声叩门。我坐起身，看到门扉上映着一个影子，来的是花娘子。

我敞开门扉，她立在门外，说：可以进来吗？

我说：当然当然。

她进了房间，到处看看，好像是陌生的地方。我说白素在楼上，她说：我不是来找她的。

我说：你找我有什么事呢？

她说：我来敲门，有没有让你扫兴？

我说：不扫兴不扫兴，这是你家呀，就算你把我扫地出门都很平常的。

她说：你一定希望是白姑娘敲门吧？

我说：我看见你的影子了。

她说：那你和白姑娘很亲密了，单是看影子，你就能辨出她和别人！

我傻笑一声，说：发式不同嘛……

她走到桌前坐下，说：你不要客气，请坐！

我坐下了，她就看着我，目光像刀，一点点剐开我的皮肉，要看骨头。看了一会儿，她突然说：哈，你是凡人！

我说：啊？这都被你看出来了！

她说：我是修炼得道的花仙子，别人是不是人，我一眼就看穿。只是你跟白姑娘在一起，我还以为你跟她一样不是人。

我说：……

她说：你是凡人，但白姑娘是妖，不觉得怕吗？

我说：怕啥，我又不会欺负她。

她说：我是说你。

我说：怕啥，她又不会欺负我。

她说：白姑娘已有一千二百岁，你的一辈子，不过是她的一阵子，有一天你会老，她不会，你怕不怕？

我说：日面佛能活一千八百岁，月面佛却只有一昼夜，命长命短，都不妨碍他们成佛呀！

她说：你怎么老是说佛。

我说：……研究研究嘛！

她想了一会儿，说：你钻研佛法，可佛都是冷冰冰的。

我说：那是佛像。

她说：照你的意思，活佛就懂人间的爱了？

我说：懂，他人与佛无缘无故，佛依然爱他，爱得没有烦恼，这叫无缘大慈。

她说：但是，爱就是有偏执，也有苦。

我说：她苦，我也跟着苦，心甘情愿为她解苦，这叫同体大悲。

她说：无缘大慈，同体大悲……这不就是大慈大悲嘛！

我说：善哉，善哉。

她说：这么说，你对白姑娘只是大慈大悲了？

我一时语塞，看着窗外，月照寒潭，无风无云，真是太安静了。

这时，水面突然像一把刀划过，水波微皱。我以为起风了，不料水里冒出一个圆的东西，在水里转了半圈，露出鼻梁轮廓，是人头！

花娘子拍一下我的肩，说：哈哈，看你急的！我就是随口一问，又不会吃了你。

我挤个笑脸，说：是呀，你要吃我，还用问吗……说着，手掌藏在桌下，暗结触地降魔印，不料凳子太高，触不到地。

又往窗外看了一眼，那颗头渐渐高起来，头下边连着脖子，脖子下边连着身子，好手好脚，是个活人！我于是长舒一口气……

他上了岸，从腰上解下一个葫芦，往水里倾倒什么，不多时，月光下，一条大鱼漂在水面，翻起白肚。

我“咦”了一声，花娘子沿着我的目光看到那个人，立刻夺门而出。我追出去，只见那个人爬上墙头，一跃跳进湖里。

花娘子跳下水池，身体拖着鱼王，让它的头离开水面。她呼喊一声，四下灯火亮起，一百多号人，穿着红袍，抓着鱼叉，赶到长廊来。听到动静，白素也从阁楼里下来了。

花娘子指一下墙头，吩咐手下去追那个人，剩下的人把鱼王抬到岸上，用干净的水泼洒，以免它渴死。

白素问发生了什么，我指着水上死鱼死蛙，说：有人投毒。

再看鱼王，两只眼都已经浑浊了，呼吸衰微。与此同时，去追投毒者的红袍大汉，这下全都翻墙回来，一脸恐慌。墙体突然四分五裂，青砖散落一地，一艘船破墙而入。船头站着几个黑袍人，举起弓弩一通乱射。我和白素退到拐角躲避，花娘子指尖扫过水面，掀起一股浪，把黑袍人冲下船。

水池下边，突然又冒出十几个人，其中一个喊了一声，毒水灌进嘴里，当场就死了。剩下的人闭紧嘴巴，默默扔出鱼钩，钩住鱼王和花娘子，往水下拖。透明的水，登时染成猩红。

白素捡起一支铁箭投出，箭矢刺穿绳索，水里十几号人失去重心，“啊”一声往后一仰，没一会儿，全漂到水面上来了。

墙外，又一伙黑袍人拥进来，刀光晃得像闪电，花娘子死守鱼王，寸步不离。破墙而入的船上，船舱里探出一个脑袋，是刚才投毒的小子。灯光下，这张脸似曾相识。我还没看仔细，箭雨密集，我迅速把白素拉回来，结披甲印抵挡。

等箭射完了，我一看，鱼王都给穿成鱼丸了！花娘子虽没中箭，脸划花了，像红色的蛛网。黑袍人杀进来，不取性命，只斩伤他人手脚。结果，中刀的一边流血一边哀号，让人心里发毛，其余人吓得不战自退。

这时，船头走来玄头翁，他往水里吐一口痰，用手背擦擦嘴角，然后把手在空气里对着花娘子画一下，说：杀！

黑袍人围攻进来，花娘子怒火中烧，容颜渐变，越来越皱，像个老人家。当先冲过来两个黑袍人，刀尖戳到花娘子心窝，居然没有刺进去！花娘子现出妖相，一下子天摇地动，房屋倾塌。我用袖子赶一下灰尘，再看花娘子，她的真身竟然是……是一头老鳖……

玄头翁见了，哈哈大笑，说：你看你，心浮气躁，身形都定不住了！

花娘子挥动前爪，黑袍人噼噼啪啪撞到墙上，听着就像砸核桃。她伸头去咬玄头翁，玄头翁立刻弃船，跳上房顶。花娘子一口下去，把半条船咬得粉碎。

白素心一热，飞身上了屋顶。我也跟着一飞，飞了半天飞不起来，只好沿着石柱一点一点、一点一点往上爬……

爬着爬着，听见有人呼救，我回过头，看见一双脚压在木板下边。我权衡之后，决定回去救他。玄头翁说：算你识相！然后一巴掌把我拍下楼。

我站起来，揉揉胸口，把木板搬开，那人刚和我对视一眼，朝我脸上就是一脚。我一只手捂着脸，结一个金刚网印，立刻把他缠住。

我仰起头，等鼻血不流了，我捏着那人的脸看看，是个少年。我说：是你啊，小子！他奋力挣扎，我又念真言，收紧法网。我说：你看，一池子鱼都给你毒死了，你这样妄造杀孽，是要下地狱的！

他说：哈哈，早晚你还不是要下地狱！

我说：我不下地狱，怎么拉你一把？说着，我又盯视他的脸，真是太熟悉了，但就是想不起来在哪儿见过。

我说：你年少无知，还有救，跟我到金山寺出家吧。

他说：你别劝我出家，有种，你劝那头鳖出家！

我说：她伤人是自卫，你投毒，又是为什么？

他说：为报仇！

我说：什么仇那么大呢？

他说：那只鳖撞沉了我爹娘的船，爹娘罹难以后，就剩下我和姐姐过活，那一年，我只有四岁！流浪这么多年，终于找到她，哪有不杀的道理！你有一身法力不去伏魔，你就针对我，算什么好汉！

我说：你叫什么名字？

他说：许仙。

我说：还是想不起来你是谁，你知道我是谁吗？

他说：我哪知道你是谁！

这时，听到屋顶一声轰响，我心里担忧白素，撇下许仙，又爬石柱上房。来到屋顶，看见白素扔出白绫，千丝万缕，像流星过境。白绫落处，火光迸射。

玄头翁环抱双臂，幻化出一对翅膀保护自己。白素攻势迅猛，玄头翁身上登时飘过来一股烤翅膀的味道。

院墙外的湖面上，花娘子化成的巨鳖被十几条渔船包围，船上安置连弩，箭头跟枪头那么大，花娘子已被扎得像刺猬。

我看白素游刃有余，于是赶去帮花娘子。我从墙头跳到水里，朝花娘子游过去。刚要靠近，花娘子突然潜入水下，蹿向另一边。渔船掉头追赶，我也跟着掉头。终于追上，几乎累死。不料，她四条腿一拍，像个盘子划过水面，朝我扑过来。我立刻往回游，她几乎是擦着我落了水，掀起的浪把我拍在岸上，差点磕碎我几条肋骨。

我回过头看白素，玄头翁化作黑色鱼鹰在空中盘旋，寻找机会下手。我于是又去爬墙，不料刚上了墙，白素和玄头翁又打到地上去了……

我累得虚脱，谁也不想帮了，就趴在墙头喘气。

趴了一会儿，天渐渐亮了。我坐起来，看见白素体力不支，而玄头翁借着风在天空盘旋，养精蓄锐。我马上跳墙去帮白素，玄头翁突然朝我扑过来，我一时吓傻，白素飞身来救。玄头翁却又突然回头，钩子似的喙刺入白素后背。

我霎时回过神来，怀里抓出念珠套住玄头翁脚掌，结束缚法印往回拖拽。他放开白素，转而扭头啄我，我立刻松手，身体往后一倒，避开他。

玄头翁绕着我们飞了一圈，然后扶摇直上。我扶起白素，看着玄头翁在头顶绕啊绕的，一阵头晕。我一晕，玄头翁就伺机俯冲下来，我结火院法印烧他，他忽又扭头飞远。这样往复了几次，我晕得几乎要站不稳。

不知和玄头翁对峙了多久，湖面上一阵清风拂过，晨雾消散，远处荡过来一条小船。极目远眺，船头立着一个穿青衣的姑娘，撑一把油纸伞，慢慢往这边过来。

我忽然热泪盈眶，对白素说：看，青爷！

小青把伞柄靠着肩，仰头看看天空，然后不疾不徐，手掌往上一送，推出纸伞。纸伞越升越高，飘飘摇摇，忽然分成无数把伞，恍如蒲公英，旋转着往下坠落。

玄头翁不屑，冲撞纸伞，不料纸伞边缘在他身上蹭了一下，剐掉一堆毛！玄头翁赶紧侧身翱翔，在伞间穿梭。他扇动翅膀，刮起旋风，纸伞在空中轻灵地转个圈，又绕回来。数十把伞游荡过来，玄头翁避让不及，就看见羽毛纷纷扬扬落下来。

等小青收回纸伞，湖面上，漂着一只毛被剃光的鱼鹰，一动不动……

船荡过花娘子身边，黑袍人一见小青，赶紧调转船头逃跑。花娘子游向岸边，渐渐恢复人形，匍匐在水草上。我和白素赶忙扶她上岸。

一会儿，小青的船也靠了岸，下了船，她嘴里叼根草，静静观望。我欲言又止，不敢和她说话。

花娘子刚从水里出来就要进宅园，血和湖水，在身后滴成一道淡红色长痕。我和白素搀她来到鱼王身边，四处看看，不见了许仙那小子，白素问我找什么，我说没什么。

花娘子倚着木栏坐下，轻抚鱼王，鱼王的腮一开一合，还有一口气在。然后她抬起头看着我们，说：谢谢你们，谢谢！

我说：客气了。

花娘子说：都到这份上了，可以告诉我你到底是谁了吗？

我看向白素，她点一下头，我于是说：金山寺，法海。

花娘子说：原来是金山寺来的高僧！

我合掌说：差远了……

花娘子勉强站起来，说：各位帮帮我，送法牛到湖里。

我说：啥？

花娘子说：他的名字，法牛。

我登时无语，像被雷劈了一下……

与白素合力将鱼王送到了湖里，花娘子摸摸鱼王背鳍，说：白姑娘，法海禅师，还有那位朋友，后会无期了。

我说：你去哪儿？

花娘子淡淡一笑，说：我愿意舍弃千年修为救活法牛，从此以后，柳湖里做伴，重头修行。

我闭上嘴，不再问什么。

这时，花娘子化作一只蒲团大的鳖，伸头顶一下鱼王，一齐往水上缥缈处游走了。

他们这一走，身前是万水千山，身后是沧海桑田。

我和白素心里感触，也只能无声送行。

游着游着，鱼王回过头看花娘子，二人彼此凝视。白素突然不能自已，哽咽了，伏在我的肩头。

不料，鱼王歪一下脑袋，一口把花娘子吞了。

白素听到动静，侧过脸去看，我赶紧把她往回揽，说：别看，别看，我们走吧……

私下里，我跟小青说，那时应该把花娘子追回来，如果她知道鱼王其实就是条鱼，那该多伤心！

小青冷哼一声，说：算了吧，如果她知道你师兄一夜留情，编个神话就跑路了，更伤心！

第八章　魔僧

花娘子走后，风流云散，徒剩一座空宅，陪伴潮起潮落。

客船到了渡口，白素突然转过身，凝望我和小青，欲言又止。我看着白素，不知为何，她的眼眶湿了，我于是轻抚她的肩，低声说：你是不是没带坐船的银子啊？

白素说：走了那么久，你想安定下来吗？

我说：想，第一次见到你就想了。

白素听了，咬着下嘴唇一笑。

船夫吆喝一声，说：你们还走不走了？

小青说：自己滚吧你！

五月季节，阴晴不定。

宅邸经历恶战一场，成了断壁残垣。虽然只是借住，我还是每天一早找来瓦片和青砖，修缮阁楼、院墙。

在我修修补补的时候，白素整天缝缝补补，做了新衣新鞋，她就跑过长廊，让我和小青试穿，然后又折回去裁剪。

每次看见白素一脸欢喜地来，脸红扑扑的，我就很喜欢。为了让她多来几次，试衣的时候，我甚至没有告诉她，让我穿抹胸是很奇怪的……

这些日子里，小青话很少，出入都是独来独往。不论风雨，总见她倚在柳树梢上，手里抓着鱼竿，漫不经心地垂钓。到了傍晚，装鱼的竹篮还是空的。白素担心她，我也很担心，毕竟她钓鱼的本事那么差，将来如何养活自己呢？

白素让我劝慰小青，我不解，她说小青救过我们，我反而要降伏她，她一定很难过。我说，对，我确实该劝劝她，叫她别那么小气了。

白素拍一下我的脑瓜壳，然后拉着我去了厨房，要给小青做甜饼。进了门，我立刻躺到切菜板上。白素说，你干吗？我说，你说得对，青爷恨不能吃了我，只有吃了我，她心里才会甜一点。

白素捏着我的鼻子把我拽起来，然后教我和面、打蛋、煎炸……白素说，心里装着想要关心的人，饼会很甜的。我“哦”一声，低头揉面。

饼出锅，白素尝了一口，说太甜了。我说，过奖了，我本来就是一个很会关心人的人。白素说，甜过头了！我说，那是因为我心里装的人太多太多了！

重新做了一份甜饼以后，白素突然把我往外一推，迅速关上房门。我捧着还热乎的甜饼，走了两步然后转过身，说：白素你出来啊，我有话对你说。

她说：在外边不能说吗？

我说：你知道吗，我喜欢你身边的风，喜欢你脚下的尘，你看，我是这样喜欢有你的地方，哪里都不想去了！

白素笑了一气，说：去吧，凉了就不好吃了。

我看是进不了房门了，深吸一口气，走了，穿出长廊，望见小青躺在树上，静看湖面游船。我瞥一眼盛鱼的竹篮，里边有条泥鳅。我捡根树枝拨一下，泥鳅居然散了，仔细看，是一摊狗屎……

树上突然一阵摇晃，小青伸个懒腰坐起来，嘴里咬着一片柳叶，冷冷看着我。

我把甜饼举过头顶，说：饿了吧……

小青斜眼，说：我杀人不眨眼的，吃饱了，岂不是要杀更多人。

我说：看你说的，谁没杀过人呀！

小青说：哦？你也……

我说：佛门无你我，你杀人，就是我杀人，你有罪，我又何尝无过？

小青说：我翻脸无情，差点掐死你。

我说：那天如果不是你先掐到我，我肯定已经灭了你。

小青说：我是蛇妖。

我说：我是熊腰。

小青哼一声，扭头望着湖面，脸上浮起一丝笑意。她忽然把鱼竿抛到水里，一跃跳下树，说：看你闲的，一起去市集逛逛吧。

我说：要不要跟白素说一声？

小青说：她是你老婆还是你母亲，啰唆！

我无话可说，跟着她登上小船，她一只手放到水里，轻轻一拨，船就走了。走到一半，小青猛地晃一下船，我身体不稳，一头栽进水里。等游上水面，船已走远。小青笑一声，说：秃驴，你慢慢游回去吧，我玩去了！

我愤愤地游上了岸，躺在泥地里半天才缓过来。回去换衣服时遇到白素，她问起小青，我说小青一个人逛市集去了。白素突然紧张兮兮的，说不能让小青一个人去，实在太危险了。我说，对呀，她最危险了，一发狂啊，自己人都掐！白素说，端午就要到了，家家户户撒雄黄，小青定力不够，恐怕会现原形。我说，那不得了，我去追她回来！

白素担心她的修为也不能抵挡雄黄药性，于是不同去了。我告诉她就别操心了，我要找的，可是活了五百年的老人啊！

送行到岸边，船已经划出去好一段了，白素朝我挥挥手，说：和尚，早点回来！

我站在船上，傻傻看着她，而后把船桨往水里一拍，用尽所有力气喊：白素，我不要做和尚啦！

登了岸，人潮如堵，拎一串粽子或抱一捆粽叶，往来穿梭。酒味，鱼味，鸡鸭味，飘飘荡荡。

不知往哪里去找小青，于是沿着市集一直走。我穿街过巷时，路上东看看西看看，对一切都感兴趣，仿佛自身已融入似锦人间，再想起金山寺，总觉得很遥远了。

走了一个多时辰，路过那家老字号面馆，如今修缮一新，生意更旺了。就是经营方式变得很奇特，大家不在桌上吃面，全蹲在桌下，两腿抖啊抖的。我往店里迈了一步，旋即看见一个青衣姑娘，面对墙上挂画，旁若无人。

我走到她身边，和她一起看画。六幅水墨画，讲的是三百年前，那个穿青衣的姑娘赠了陌生人一碗热面的往事。故事很短，但穿越了三百年，有个人还记得它。

看了一会儿，我说：原来你这么长情呢！

小青吓了一跳，飞快地抹一下眼泪，往门外走。我跟在后边，过了一座桥，她越走越慢，像在等我。走到她身边，她欲言又止，我也不问。又走了一程，她忽然开口，说：法海，你说，生死轮回，前世今生，这些都是真的吗？

我想了一会儿，摸摸她的头，说：对不起啊，小青，我也不知道……

小青望着我，良久，淡淡一笑，好像豁然开朗了。

我说：那个传说，有些地方不是很明白，白素修行千年才得道成人，你只有五百年道行，却在三百年前——

小青打断说：得道是成仙的，哪有成人的，幻化为人，那是自甘堕落！

我说：哦，我其实想问，你这套青衣有三百年没换了吧？

小青扬起手，说：我一掌劈死你啊！

我歪着脑袋躲一下，说：白素让我来找你，后天就是端午，你不怕雄黄吗？

小青说：不怕，就是受不了那股味儿，呛人。

我说：那……脚臭也能驱蛇了？

小青翻个白眼，推我一把，说：那边好热闹，去看看。

走到街口，路人正围观一个水坑。水坑不大，迈一步就能跨过去。水坑边上坐着一个驼背老头，脚边摆着斗笠，里边有些零散铜钱。

一个小哥往斗笠里扔了点碎银子，然后往坑里一跳，身体忽然变得只有食指长短。小哥在水里游了两圈，爬出水坑，身体登时又恢复原来大小，并且身上衣裳还是干的！

我看看小青，她也一脸茫然。我多少有点吃惊，这种事假如连她都不知道的话，那她岂不是白活了五百年？

当下，路人纷纷往斗笠里投钱，挨挨挤挤地往下跳，然而不论下去多少人，水坑似乎永远不会满，空间绰绰有余。

等水里的人都出来了，小青拉拉我的衣裳，说我们也下去吧。我说那么多人下过水，得多脏啊！

话说到一半，小青已经投出铜钱，往水坑里迈了一步。这个时候，驼背老头突然伸出手掌在水面画了一圈，卷起的旋涡把小青拽到水底。

我赶紧喝止老头，他冷笑一声，手掌往上一提，水坑渐渐收缩，变成一个金钵，小青盘卧在内，已恢复青蛇模样。路人见了，倒吸一口冷气，赶紧问驼背老头是哪来的高人。老头双手合十，说：金山寺，法海。

说罢，老头端起金钵就走，我挤出人群，在后边紧追不舍。老头虽然年迈，走路左摇右晃，但我再怎么追赶，总是被他甩到百步开外。追到姑苏城外，驼背老头立在山路上，虽然面色微红，呼吸却非常平稳。

我说：你轻功不错，走那么久，一点儿不喘！

老头笑道：你也没喘。

我从马车上下来，付了车钱，然后对老头说：你为什么冒充我？

老头说：巧了，你也叫法海。

我说：少来，你快放了小青！

老头说：行，你交出金山寺住持衣钵。

我说：好好好，你拿去吧！

老头愣了一下，笑道：你不会那么爽快，必定有诈，看来不小以惩戒，你是不会答应了！

说着，老头把金钵反转，小青跌落地上，又恢复了人形。老头挥动衣袖，袖中飞出经卷围绕小青。经卷里的文字渐渐脱离纸张，变成萤火虫大小的光点，落到小青脸颊上，登时烫伤肌肤，鲜血滴落在肩上。

我立刻结刀剑法印，念诵真言，指尖轻弹，一阵风扫过，围绕小青的经卷登时破成碎片。小青得救后，突然亮出毒牙，转身抓住老头就咬。一嘴下去，牙齿差点磕碎，然而手里抓着的，不过是件破衣裳，老头早已不知去向……

我扶小青坐下歇息，她用手背擦擦脸上的血迹，抬头说：你师父的衣钵真的可以给他吗？

我说：有什么不可以。

她说：就为了救我？

我说：对，就为了救你。

她低下头，把一粒圆石踢飞，说：这件事……你不要告诉白素。

我不解。

她红了脸，说：让她知道我还要你来救，那多丢脸。

我说：搞笑，你要是被那老头灭了，更丢脸！

回城路上，烈日晒得浑身冒汗，小青忽然抬起手腕，用衣袖擦擦我的额头，我赶忙退后。她指着一片竹林，说：快被晒晕了，我们去那儿乘凉吧。

我说：那老头既然能找到我，也能找到白素，还是早点回去的好。

小青拉起衣袖，胳膊上浮出了青色蛇鳞，她说：你看，只怕走到半路就要现原形了。

我说：好吧，那就休息一会儿。

走到竹林里，风刮过，浑身清凉。小青伸个懒腰，突然发笑。我问她笑什么，她说：你脑袋怎么歪了？我回答，昨晚睡觉落枕了。她说，那我给你捏捏吧。说着，她抓住我的衣襟让我坐下，轻捏我的左肩，然后说：怎么样，好点儿了吗？

我说：完全没用。

她说：还要用点力吗？

我说：我疼的是右肩，你捏左肩怎会有用？

她拍一下我的头，说：早说嘛！

她换到另一边捏了一会儿，我觉得舒服很多，动动脖子，果然不疼了。吹着风，听着竹叶摇摆，渐渐涌起睡意。这时，小青狠狠地捏了我一把，我痛得往前扑，才转过身，两把戒刀就压在脖子上。七八个武僧用铁链缠住小青，她猛地扭动身体，甩飞两个拉铁链的。其余僧人立刻敲打木鱼念诵经文，小青踉跄一下，瘫软在地上。

我说：你们是哪里来的和尚，想干什么？

拿戒刀压着我的人说：请你交出金山寺住持衣钵。

我苦笑，说：你们都不是金山寺的和尚，还想做金山寺的住持呢？

他说：谁要做住持了，这不是有银子领嘛。

我汗然……

他说：你不交出衣钵，我们就不客气了！

说完，他看了一眼小青，几个武僧便提起少林棍走过去。

小青说：你们要的是他的袈裟，要打打他呀！

几个武僧犹豫一下，转身朝我走过来。

我说：打伤了我，谁带你们找衣钵？

武僧立刻又走向小青。

小青说：你们谁打断他一条腿，我就悄悄告诉那个人衣钵在哪儿！

武僧赶忙迎向我。

我说：等等，我告诉你们不就得了，干吗一定要打人呢？

武僧说：快讲！

我说：衣钵我寄放在枫桥寺了。

不料，他们围上来就是一顿乱棍，打完了，武僧说：以防万一你说的是假话，还是打一顿比较好。

我：……

这时小青突然震碎铁链，僧人忙敲木鱼，小青罗裙轻摆，卷起竹叶，她反手挥一下，竹叶便像青龙盘旋，等到风停了，众人直挺挺倒在地上。我看了看，他们还有鼻息，只是晕过去而已。

我笑道：你没有犯杀戒，真好！

她说：如果不是你站在他们中间，他们死定了。

我干笑一声，眼看天色渐晚，我们立刻回姑苏城。到了柳湖，从船头往湖心眺望，渐渐看到一盏灯在指引方向，光线虽弱，我却看得心里一阵暖。上了岸，白素迎上来，看到小青脸上的伤痕，忽然变得忧心忡忡。

小青回房以后，我和白素沿着长廊一直走，我刚要开口，白素突然笑着说：看月的时候看月，散步的时候散步，心里没有挂碍，是最幸福的事吧？

我点点头，把要说的话咽下去，然后缓缓抬起手，好像用尽平生勇气，牵着她的手慢慢走下去。

天亮以后，我背上师父的衣钵，出了门，白素和小青已经在渡口等待了。小青白我一眼，然后对白素说：你一直想安定下来，现在走，你舍得吗？

白素淡淡一笑，说：只要我们三个都在，就算无处安居，也会安心。

我说：对不起啊，青爷，祸因我而起，却要害你们一起漂泊……

小青用手肘撞开我，说：上船，啰唆！

第九章　观音

奔波数日，再转身，姑苏的烟火已不能见。

端午刚过，天气异常燥热，我和白素走山路时，小青就化为青蛇，在山涧里游走。我对白素说：如果受不了酷暑，不妨跟小青一起吧。白素听了，歪着头看看我，说：你还当我是异类呀？

我说：怎么会！

她笑笑，说：那是我错怪你了？

我拍一下自己的头，说：你看，我又说错话了，你不要生气，待会儿捉青蛙给你煮汤喝。

这样又跋涉了几天，不见有人追来，我们才稍稍放慢脚步，绕过一座秃山，山脚下终于看到集镇。

下山路上经过一个洞窟，虽然是正午，但寒气逼人。听到水声，小青当先进洞，把脸闷在水下狂饮。我和白素也捧一点水喝了，水温冰凉，冻得牙齿刺疼。刚要离开，忽然传来微弱的乐声，小青说：你们听到了吗？

说着，小青伸手在水里拨动，搅起一片涟漪，这时，悠扬的乐声便在洞窟里回荡。小青猛拍一下水面，乐声忽然变得轻快。等到水波平复，乐声也随之消散了。

白素侧耳听了一会儿，说：听到什么了？

小青说：乐声。

白素说：我只听到水声。

小青说：除了水声，还有乐声，你仔细听……

小青拨起涟漪，然后把乐声哼给白素听：西湖美景，三月天嘞……

我说：是啊，我也听到了，春雨如酒，柳如烟嘞……

白素皱皱眉。

我说：还是听不到吗？

白素抿着嘴笑笑，说：你唱曲怎么像念经呀？

我：……

离开山洞，白素似乎对听不到乐声的事耿耿于怀，路上几次回头。我于是宽慰她，这种事无须在意的，别说是那么微弱的声音，就是有时别人当着我的面说话，我都未必听得到。

白素点点头，说：嗯，知道了。

我说：嗯嗯，这种事无须在意的，别说是这么微弱的声音，就是有时别人当着我的面说话，我都未必听得到。

白素拍一下我的头，说：知道啦，知道啦！

我说：哦，刚才没听到。

到了镇上，人烟绝少。许多房屋门窗敞开着，墙脚杂草丛生，农具跟木柴也都腐朽，一捏就碎，看样子已经很久没人居住。我们穿过好几条街，难得看见一个男人坐在门前编织箩筐。我走上前，刚要双手合十，瞥一眼白素，又赶紧把手放下。

我问那人附近有什么地方可以吃饭住宿吗，他说：饭食就在我家凑合下吧，住宿的话，周围都是空房，你们随便住。

我笑说：那怎么好意思……

他说：别不好意思，房钱你多给一两银子就行。

我诧异：就这破房子还要钱！

他说：哈哈，客人说的什么话，不跟你要钱，难道跟你要饭啊。

给了房钱，我们在对面找到一间还算整洁的屋子暂且休息。小青往屋外张望了一会儿，说：你们不觉得那个人很奇怪吗？

我说：是很奇怪，都没有生意，房钱还敢收那么高！

小青白我一眼，话到嘴边又收回，她刚往屋里退了两步，那人就送吃的来了。小青看了看，对他说：你先吃。

他说：呵呵，客人是怕有毒吗？

小青端起一个盘子说：你见过有人吃死老鼠的啊！

他说：抱歉，抱歉，你要不喜欢，我那儿也有活老鼠。

小青反手一扔，把碟子摔出窗外。那人愣了一下，立刻到腰间摸柴刀。白素上前，微微一笑，说：这镇上好像没有人住了。

那人僵了片刻，缓缓松开柴刀，说：死的死了，散的散了。

白素说：就剩你一个人了吗？

他说：哪能，南边还有两三户人家。

白素说：怎会这样呢？

他往长凳上坐下，叹息了一声，说：五年前，镇上的人在野外捡了条狗，养了一年，越长越大，立起来，居然和人一样高大！自从养了这条狗，大家再没有看到那人出过家门。亲友都很担心，于是去看望他，结果进了宅子就没出来过！大家觉得那条狗肯定成精了，把那些人都给迷了，于是请来几个野游僧人作法。不料，当天夜里僧人进了宅院，一阵狗吠之后，直等到天亮，也不见僧人出门。这以后，邻居吓得搬走了，大家也不从这儿过路，整条街很快空下来。每到夜里，街上一片狗叫，狗叫声越多，镇上的人就越少……

听到这里，我问：那条狗如今还在吗？

他说：怎么，你怕？

我说：对，我怕我一掌超度了它。

他说：你来晚了，它早被人打死了。

我说：是吗，看来也是法力高强的人呢！

他说：就这还要法力呢，有条铁棒，连这两位姑娘都行。

我说：想必是那妖孽修为尚浅吧。

他说：听不懂你说什么，你斗狗，官差不得把狗打死吗？

我说：斗……狗？

他说：对啊，就因为聚众赌博这事儿，镇上的男人差不多都给发配边疆了，那几个和尚也被削了僧籍。过了几年，老人入土，女人改嫁，镇子就荒凉了。

我登时无语。

他说：那好，我就不叨扰你们了，有什么事儿，我在对门，吼一嗓子我就听到了。

那人刚要走，白素叫住他，说：我们来的路上经过一口泉，听说，泉水流动的时候能听到乐声。

他说：哦，也不是谁都能听到，两个人得有缘才行嘛，以前镇上还热闹的时候，谁家要是谈婚论嫁，就把小姑娘小伙子带到泉边，俩人都听到曲子了，那就是合婚了……哎，我说，该不会你们仨都听到了吧！

我说：吃了毒蘑菇，你还能看见仙女跳舞呢，那你是不是要升仙呀！

说着，我把他推出屋外。转过身，白素对我笑了笑，旋即进里屋休息去了。我看向小青，她也正看我。我欲言又止，她说：你想好再说，千万别犯傻，呆和尚！

我说：我怎会犯傻呢，很明显，白素要好得多啊！

小青抬起手掌，我赶紧迈一大步跳进自己的房间，把门锁死了。

半夜里忽然下起暴雨，我从梦中惊醒，听到窗户噼噼啪啪地响，起身去关窗，隐隐约约看到雨中立着个东西，白花花的一团，样子像磨盘，跟屋檐一般高。

“磨盘”滚动时，什么东西擦过窗口，我凑近去看，脸上突然被甩了一巴掌。

我转身取来油灯，再看窗外，那个酷似磨盘的东西，居然是无数手臂！这些手堆叠在一起，像一团蠕虫，翻滚着不断冲撞房屋。

境况危急，我迅速镇静下来，一点点退，而后将左手举到胸前，一掌挥下，口中念道：开门啊，青爷，救命啊，青爷……

半晌，小青没有应声，隔壁的门吱呀打开，白素刚走出来，立刻被我房里敲打窗户的声音吸引了。

那些手臂抓住窗户边缘，一点点往里爬，最边上的手都给压断了，骨头咔咔地响，还依然往里边挤！

白素取下发簪幻化为剑，挥剑左劈右斩，几只手掉落地上，登时变得像干柴一样。然而在几只断臂之间，又钻出新的手臂四处摸索！白素一面挥剑一面后退，小青听到动静，一出门脸色突变，她拍拍胸口说：死和尚，你吓死我了！然后她看到那些怪手，扑哧笑了，说：那是什么，叠罗汉啊？

说着，小青取来灯盏，用指尖夹住燃烧的灯芯，顺手往地上一弹，数十条火蛇登时烧成一个圈。火蛇缠着怪手爬上去，空气里一股焦臭味。火蛇附近伸出几只手，把烧着了的手臂掰断，狠狠砸向我们。眼见不能够抵挡了，小青回头对我说：秃驴，你就站在那儿看吗？

我反驳道：你以为我想吗，但如果我坐着看，你该多伤心啊！

这时怪手全部进到屋里来了，密密麻麻的一团，它们滚动了一下，几乎要把屋顶都掀翻。我们立即退到小青的房间里，从窗户跳到院子。雨下得很大，没有月光，也没有烛火，四下里一片漆黑，什么也看不见。

白素对我说：可以想想办法吗？

要在以前，我就用菩提金光印了，但现在不行。白素不解，我告诉她，我不会再用法印了，我要做个普通人，和她生活下去。

白素听了，一言不发，黑暗里看不到她此时做何反应，只是突然吹了一股冷风，然后就听见小青说：我看你不是想做普通人，你是想做死人！

说话间，传来瓦片掉落的声音，我们便朝着远离声音的方向走，走着走着，我赶紧让她们停下。

白素低声说：怎么了？

我说：前边儿就是后门了。

白素说：你能看到吗？

我说：没看到，但是撞到了……

说完，我捂着鼻子，一股暖流涌出，肯定是流血了。打开门闩，我们摸黑跨过门槛。雨声太大，听不到那些怪手追到哪儿了。我抓着白素和小青的手，说：大家千万别分开。

白素攥紧我的手掌，应了一声。小青拍拍我的肩，然后又拍拍我的脸。我说：青爷，别多手多脚的好吗？

小青说：啥？

我仔细听，她的声音居然是在我前边……我也顾不了那么多了，赶紧结菩提金光印，一看，我抓着的是那些怪手！我吓得撒了手，身体往后一仰，然而不等跌倒，就被怪手抓住胳膊，掐住脖子，往里边拖拽。

白素和小青上前搭救我，但怪手就像一团黏人的泥浆，瞬时将我吞没。

淹没在怪手中，我几乎不能呼吸了，视线也越来越模糊。怪手抓着我，在黑暗里翻滚。忽然，我的头撞上什么，以为是石头。那东西一直顶着我的额头，我于是奋力往后仰，终于看到，是一尊千手观音铜像！

我抽出一只手，紧紧抓住铜像，登时，怪手像一股股激流划过我身边。没一会儿，怪手就都消散了，只剩下我趴在地上，手里抓着千手观音……

天光初亮时，对门那人来送早饭，看到残砖断瓦跟地上干枯的断臂，他一脸茫然。他说昨晚睡死了，什么都没听见，到底是怎么了？我说，没什么，没什么，就是你睡着睡着差点死了。

他“哦”一声，摆下碗筷，突然想起什么似的抬头瞪着我。

我把千手观音铜像放到桌上，将昨晚的事简单跟他说了。听完，他告诉我们，这尊观音铜像是净慈寺一个老和尚所铸，当初供奉在镇上寺庙里，有人以为是金子做的，就把它偷了。后来官差抓到这个人，他说当时被追得急，于是把佛像随手扔进乱葬岗。官差回头去找，结果只发现一堆白骨，觉得非常晦气，都不愿再找了。这以后，路过乱葬岗的人，会突然被什么抓住脚踝，低头一看，裤腿上沾着很多小小的泥手印！大家都说，那是佛像沾染魔障，丢了佛性。所以啊，迷时无人度，容易招惹魔障，身边妖魔常伴，你也难免妖魔化！

说话间，他看了一眼小青，说：咦，这位客人反应怎么这么大，不必害怕啦，你看，佛像不是好好的了？

我赶紧后退一步，免得小青一掌劈死他的时候，连我也劈了。

我说：身边有什么，你就变成什么，那上茅房的时候你岂不是要变成坑？

他笑了一声，说：这位客人真是风趣啊！

我看看小青，说：我不风趣，我只是识趣。

他又笑了一气，然后说：虽然佛像已经复原了，但听了你们的遭遇，我可不敢留佛像在镇上，不如你们帮忙送回净慈寺，路上盘缠我来出。

我问：净慈寺在哪儿？

他说：在西湖边上，挨着净慈寺有座塔，叫雷峰塔，老远就能看到了，你们去了，还能顺道游览西湖，多好啊！

小青听他这么一讲，喜上眉梢，她抓着白素的手说：西湖！我早想去西湖看看了！白姐姐，我们就去西湖好不好？

白素点了点头，看似不经意，其实有些勉强。而我，也觉得会有什么不好的事发生，毕竟，没有大把大把的银子，谁敢在那种地方敞开了玩呢？

行囊收捡妥当，那人送我们到古镇外。上了官道，他踢一脚地上的石头，说：你们沿着这条路一直往南走，就是西湖了。

我眺望片刻，转身问：那得多久才——

话没说完，发现那人已不知去向，只留下空荡荡的古镇和街巷。正疑惑着，听到小青呼喊，她已经走得很远了，朝着我和白素招手，让我们跟上。

白素笑道：你看小青，内心里其实还是个孩子呢！

我点头说：嗯啊，脾气大，不讲理，缺管教，确实是个孩子。

说话间，小青突然转身奔向我，我刚要跪下，小青就抓住我的衣裳，说：磨蹭什么啊你！

我说：不要急，路还很长呢。

小青也不说话，一路疾走。看她一往无前的模样，我也开始期待快些见到西湖了，否则，我就该被她拖死在路上了吧……

第十章　断桥

经历一路风尘，越过几重孤山，远远望见十里荷花，艳阳下铺天盖地伸向湖心。

小青傻蹦乱跳，抬手一指，说：西湖！是西湖！

此时香市刚刚过，游人散尽，西湖比想象中冷清一点，但民风还是很淳朴，虽然我和白素、小青是异乡来客，但大家都喜滋滋对着我们笑。笑了一会儿，过来一个姑娘，她红着脸说：几位，这里不是西湖哦，是我们村的大鱼塘，你们要去西湖，还得再走一天。

说完，姑娘像阵风似的跑了……

几经波折，我们终于抵达西湖。烟柳，轻舟，竹下幽径，一切都是梦中的样子。

眼看快到净慈寺了，白素突然要住客栈，她说，我们入寺礼佛，应该先洗去一身的风尘。我看看自己的衣裳，黏糊糊、脏兮兮的，全是小青打翻在我身上的杏仁糊，确实该洗洗了。

黄昏时，净慈寺撞钟，声声回荡。

听到寺里僧人唱经，我忽然有些不安了，想到昔日师父在竹林授我衣钵，可我修为浅薄，如今还偏离佛门越来越远，总觉得愧对师父，尤其是我怎么也想不起来，到底我把师父的衣钵搞丢在哪儿了……

一觉睡醒，正要去敲白素的房门，小青突然纵身跳出来，发现是我，她左右看看长廊，说：小二没送早饭来吗？

我不搭理，往房里瞥了一眼，不见白素。小青说，天还没亮，白素就带着观音像去净慈寺了。我说，那正好，我们去寺里找她。小青推我一把，说：不去，那破庙有什么好，不如跟我逛西湖嘛！

说完，小青强行拽着我离开客栈。走出门外，她有意避开净慈寺，径直往苏堤走。我担心白素回来时找不到我们，小青说，去映波桥吧，白素会在那儿。

踏上映波桥，我迎着净慈寺，静等白素。等了一会儿，听到有人叫我，扭头一看，是小青，她立在渡口准备登上游船。她招招手说，下来坐船啊和尚。我说，你自己玩吧，我再等一会儿。她瘪瘪嘴，俯首走进船舱。

等到日落西山，还是没有等到白素。小青游玩归来，坐在石栏上看了一会儿远处，她拉一拉我的衣裳，说：你看那座塔，多美！

霞光下，宝塔恍如佛光普照。听人说，这道景叫作雷峰夕照。

天色越来越暗淡，湖上刮起晚风，小青抬起手，风一吹，她的衣袖"啪"地打在我脸上。我压下她的手，说：别闹了！这时，她忽然歪一下头，发丝像扫帚狂扫过我的脸。我说：你再这样，我推你下水了啊！话刚说完，她往前扔出几片树叶，风刮过来，全砸我脸上。我揉揉脸，伸手推她，却发现她已经跑得老远，正扶着路边一棵树狂笑。

这时身后传来铜环的碰撞声，再熟悉不过，是禅杖的声音。我转过身，看见一个白须老僧，觉得异常眼熟。老僧走到我身边，面向雷峰塔淡然一笑，他说：小施主，你看到彼岸了吗？

我"嗯"了一声。

老僧说：此岸纷扰聒噪，小施主何不去彼岸观光？

我往旁边迈一步，懒得应答。

老僧又说：小施主在等人？

我说：是。

老僧说：等待的人，日子总会特别漫长，就好像不知正法的人，迷惑长。

我斜眼看看他，说：我还听说，不管闲事的人，命长。

老僧哈哈大笑，而后将禅杖往地上一顿，说：你知道这条禅杖吗？

我说：知道，不是禅杖还能是拐杖吗？

我不想再跟他废话，快步朝小青走过去。身后，老和尚突然喊了一声"法海"，我和小青同时愣住，同他无声对峙。

老僧说：法海师侄，你离了金山寺，不但忘了我佛，连我这个人也不记得了？

我仔细端详他，立刻拍一下脑袋说：哈，这不是真原师叔吗？

老僧瞪我一眼说：我不是真原！

我说：对对对，师叔你是真健忘。

老僧说：法海师侄，你当年抱一块大石头砸伤我，伤疤还在头顶呢。

我恍然大悟，这事儿都过去好些年了他还记得，那他肯定是真冥师叔了！说起来，早在姑苏城我已经见过他了，那个将金钵化为一个水坑的老头就是他。

我叹口气说：倒不是我记性差，忘了师叔你这个人，因为你根本不是人嘛！

真冥师叔歪着嘴笑笑，目光落在禅杖上，打量了半天，我发现那是师父的禅杖！真冥师叔说：法海师侄，知道你师父怎样了吗？

我说：知道啊，他的禅杖被你偷了。

真冥师叔皱着眉揉揉太阳穴，然后挥掌劈断禅杖，他说：现在呢？

我说：他得买条新禅杖了。

真冥师叔将禅杖往地上一摔，吼道：死了，你师父死了！

小青拉着我扭头就走，说：别跟他废话！路上，我回过头，真冥师叔并不追来，只是立在桥头冷笑。

走了很久，小青摇摇我的胳膊，说：和尚，有件事要告诉你。

我漫不经心应了一声。

小青说：白素死了。

我甩开她的手，说：别瞎扯啊你！

小青说：现在你知道是瞎扯了吗，那你怎么不想想那老秃驴也是瞎扯呢？

我叹口气，不知道说什么。

小青说：再说，你师父要真死了，那不就是成佛了吗，大喜呀！

我说：道理是不错，但这话被你说出来，总觉得很奇怪……

回到客栈，忽然落起雨，我拎了伞去接白素，正好遇见她回来。她将一把伞靠在门边，小青瞥见，抿着嘴偷笑。

白素说：帮你把佛像送到净慈寺了。

我点点头。

她静默片刻，欲言又止。

一会儿，店小二送来饭菜，临走了，白素把门边的油纸伞交给他，吩咐说如果有个叫许仙的人来了，请把伞给他。

小青歪嘴一笑，说：嗯？谁是许仙？

白素不答，转身回自己的房间去了。

夜里，我辗转难眠，翻了个身，幽幽的月光下，看见有人穿过长廊，伫立门前。我坐起身，说：你也睡不着吗？

沉默很久，她说：今天在净慈寺遇见一个人。

我说：嗨，看你说的，那么大雨，有人借你一把伞，真是再平常不过了！

她笑了一气，说：我都忘了那个人了，怎么，你还念念不忘吗？

我无语……

她渐渐收敛笑颜，说：明天你去净慈寺吧，有人等你。

我说：是谁呢？

她又不答，转身走了几步，忽然停住，低声说：和尚，记得回来。

听到这一句，不知为何，总觉得有点告别的味道……

第二天一早，我独自出门去了净慈寺。走完石阶，看见法牛师兄歪歪斜斜坐在寺门前，手里拿着蒲扇轻轻摇动。一见我，他很诧异，说：师弟你怎么成这样了？

我说：一个和尚带着两个姑娘未免太招摇了，所以才扮作俗家人。

法牛师兄说：哦，我是想说你胖了。

我：……

法牛师兄说：白姑娘真守信，她还是肯让你来了哪。

我说：是啊，她有信，你无耻。

法牛师兄笑着起身，摇摇晃晃步入寺门，我犹豫片刻，旋即跟上。没走几步，背后一声闷响，几个小沙弥关了寺门！我立刻后退一步，法牛师兄突然捉住我的手腕，说：你知道师父圆寂时，一直念叨什么吗？

我说：搞笑，我怎知道，我又没圆寂过！

法牛师兄说：师父念的是你。

我说：白素炖了汤等我，先走了啊，有事儿改天聊。

刚转身，突然冲出几个其貌不扬的棍僧，一看，是金山寺十二降魔僧！见了他们，我赶紧抬起手，左右一摆，说：那么多人汤不够喝的哦。十二降魔僧挥棍横扫，我下意识地结护身法印，不料，竟被一棍子打翻……

法牛师兄叹口气，说：你心里已没有佛，佛法在你身上又怎会灵验？

我冷笑一声说：我只是忽然有点儿哀痛，一下子没使出来。

法牛师兄说：你怎么就哀痛了？

我说：你挨一棍子看看会不会痛！

说话间，我猛地推开降魔僧，起身往回廊狂奔。跑到拐角，迎面撞上一个金钵，我还没从地上爬起，又被少林棍压住，丝毫不能动弹。

抬起头，看到用金钵砸我的人，是真冥师叔。

法牛紧跟上来，看见真冥师叔，他居然合掌行礼。我说：原来你们计划好了要骗我来净慈寺！

法牛师兄说：师父让你下山，是要你修正果，不料你差点跟白姑娘修成正果，你这样肆意妄为，金山寺要怎么办？

我说：好办，我把衣钵传给你就行了。

法牛师兄说：你是执意要还俗吗？

我说：研习佛法的人，你何必在乎他是有头发还是没头发呢？

法牛擦把汗，看向真冥师叔。师叔捋捋胡须，说：法海受蛇妖蛊惑，灭了蛇妖，他就一心向佛了。

我说：呵呵，我不动手，是因为念在同门一场，今时今日，我已不是当初任你摆布的小沙弥了！

真冥师叔看看法牛，法牛点头说：是啊，师父已将毕生所学都传给他了。

真冥师叔沉吟片刻，说：既然你这么难对付，那就先杀你吧！

我：……

真冥师叔朝十二降魔僧一挥手，众僧立刻将少林棍穿过我腋下，把我架起来。真冥师叔摊开手心，法牛立刻送上金钵。我拼命挣扎，可是连手指都被夹住，不能结印。真冥师叔走到我跟前，左手举起金钵，右手捻指结印，口中念道：除灭贪嗔痴，善净解脱心！

我心里一惊，不知这是什么法印，连师父也不曾提过！身边众人也都一动不动，伸长脖子观望。

等了一会儿，真冥师叔突然大喝一声，抓着金钵朝我脑门一砸，我登时昏厥……

听到敲打木鱼的声音，醒来时脑袋又凉又疼，一摸，头发全剃了！我四下看看，是一间禅房。发现房门虚掩着，我便起身走过去，到了门前，不知何时门已从外边锁死。我折回禅房中间，门居然又开了……

这样反复折腾了几次，我一步步往后退，退到门刚好打开，旋即奋力往前一扑，不料脑袋撞上门扇，擦破一点皮。

我试着推一下门，纹丝不动。狠狠踹了一脚门，我便被弹飞，跌落在地上。

有人在外边敲了敲门，说：出家人明哲守戒，远离贪欲，法海师侄如此浮躁，是想去哪儿呢？

我说：住持衣钵你要就拿去，快把门打开！

真冥师叔说：这间禅房，是净慈寺历代长老坐禅苦修的地方，你心静了，便来去自如。

我说：我的心是不静，不过哪像你的心，不干净！

真冥师叔哈哈大笑。

我说：师叔处处针对我，我能想到的缘由，就只有一个……

真冥师叔怒道：你当年一掌杀死玉禅，这事儿我还没忘呢，如今我要你亲眼看着我炼化青蛇、白蛇！

我继续道：缘由就是，你这人很下作啊。

真冥师叔说：呵呵，等我抓来两条蛇妖，这种话看你还说得出口吗？

我说：是说不出口，都快笑死了还说话呢。

真冥师叔说：哦？你是觉得我降服不了青蛇跟白蛇？

我一言不发。

真冥师叔冷笑一声，拄着禅杖走了。我退后两步，手结刀剑印，不料法印触到门扇忽然消散了。我在禅房里摸索了一圈，除了这扇门，再没有出口。

我想，早晚会有人来送饭的，他一开门我就趁机冲出去。等了很久，屋外终于有动静，看见小沙弥端着斋饭进来，我立刻连续两个侧手翻，不料刚翻出门槛，脸上跟胸口狠狠挨了两棍子。小沙弥放下斋饭走了，十二降魔僧便重新合上房门。

我揉着脸呆坐了半天，转眼天就黑了。我扫了一眼案几上的经卷，倒下去枕着蒲团呼呼大睡。睡到半夜，心神不宁，醒过来对着屋顶发呆。月光透过瓦缝照在墙壁上，隐隐能看到画了十八罗汉像。

盯了一会儿瓦缝，灵光一现。

我立刻爬起来，幸好让我给发现了，要不然下起雨来，屋里还不得淹了！我站到桌上，抱住房梁爬上去，铺好了瓦，继续睡觉。刚一闭眼我就发现我刚才真是做了一件大傻事，要修屋顶，他们自己修去，我才不要帮忙！

我于是又爬上房梁把瓦掀开，正要往下跳，我回头看了看，用胳膊一撞，撞出一个窟窿。屋外把守的僧人听到动静，持棍冲进来。我赶紧钻出屋顶，沿着屋脊飞奔。

逃出了净慈寺，我不停不歇赶到客栈，店家说，白素和小青前天一早已经走了。

离开客栈，我沿着西湖找了数日，茫茫人海，一无所获。后来听渡口一个艄公说，确实见过穿白衣和青衣的两个姑娘，还搭了他的船。我赶紧问她们的去向，艄公一脸恐慌，说：小和尚，你千万别追，当心你的性命！

我望着艄公，莫非他已知白素小青并非常人……

艄公继续道：那个穿青衣的姑娘给了老汉我五十两银子，说如果有和尚来找，到了湖心就把他打晕扔下水……老汉我不敢挣这种钱，但别人可说不准，你还是走陆路的好！

我说：不能坐你的船，告诉我她们的去向总不为过吧？

艄公赶紧摆摆手，说：那位姑娘特别吩咐了，不能说的！

我说：哦？这又是给了你多少银子？

艄公啐了一口，说：银子？她给了老汉我一掌，脑壳都差点碎了！

我汗然……

看见二三游人走来，艄公匆匆告辞，划船上前迎接。我抢先一步跳上船，艄公摇晃了一下赶紧扶着船舱。

我说：你划船吧，到了湖中心，我自己跳。

艄公叹口气说：得，我载你到两位姑娘下船的地方，你要再问她们的去向，我就真不知道了。

等船靠了岸，芦苇丛生，流水萦绕，是一片沼泽。我摸摸身上，没有带银两，艄公摆摆手说不必了，我合掌道谢，抬起头，他已经把船划走了。

四下观望，路淹没在水里，看不到什么足迹。拨开芦苇涉水走进一片平地，荒郊野岭，不闻犬吠，不见炊烟。走遍了沼泽，我浑身沾满臭泥，从芦苇丛里出来时，差点吓死一个放羊的。

我看他在这儿放羊，要是有什么人来过，肯定有印象。打听之后，他摇摇头，说这又不是渡口，没人来过。

远远看到一个山丘，地势比别的地方都高，于是决定爬上去看看再说。半路上草丛一阵摇晃，猛然飞出一群白色水鸟，在空中盘旋片刻，旋即飞远了。身边有什么东西迅速滑过，蹭了一下我的脚踝。

那东西在草丛里游走一圈，而后掉头冲向我。水草往两边分开，到了跟前，蹿出一条大腿粗细的鳗鱼，我往旁边跳了一大步，鳗鱼一头扎进淤泥里。它拼命抽动身体，溅起泥浆，我抬手挡了一下，继续赶路。

往草丛深处走没多远，数百条鳗鱼缠缠绕绕游了过来。我结披甲印抵挡，鳗鱼脑袋撞上来，泥浆、脑浆四处飞溅。死了的鳗鱼倒在泥里，忽然化作几缕头发。我登时松了一口气，白素和小青肯定来过了。

奋力闯出鳗鱼群，我拔腿往山丘上跑。鳗鱼冲上山坡，烈日一晒，身躯干裂，化作发丝被风吹走了。登上山顶，附近都是密林，看见一条干涸的河道，我便下山沿着河道寻找。

走到正午，艳阳还悬在头顶，却听到雨声。过了一个河湾，山洪摧枯拉朽冲刷过来。我转身往岸边跑，抓住一根藤蔓往上爬，洪水袭来，将藤蔓拦腰截断。我栽进水里，随波逐流，被冲到很远的下游。

一个浪把我拍到草地上，我咳了一阵，坐起身，衣裳居然是干的！再看河道，石缝里的野花随风轻摇，根本没有洪水来过的迹象……

我爬起来，咬咬牙，依然沿着河道寻找。走了数月，山重水复，居然又绕回西湖。

静静站在岸边，起了一阵风，带来些许寒意。望向湖中，看到一座桥，雾气里，似断未断。一个钓鱼的老伯告诉我，那叫断桥。

我沉默片刻，说：老施主，人到断桥来，是断情还是断苦呢？

他一愣，说：来吃西湖醋鱼。

老伯的鱼线晃了一下，他提起钓鱼竿看看，鱼钩是空的。我转过身痴痴望着断桥，良久，抬起双手缓缓合十……

第十一章　故人来

时隔多年，回了金山寺，一切依旧。

夏去秋来，我一步也未踏入寺门，只是独自待在后山，静对茫茫竹海。早晚，法牛师兄送来经卷，往枯叶里挖半天，才能把我刨出来。

师兄说，近来我很阴郁，他看了有些难过。他还说，早知因果如此，就不该设局让我去净慈寺，更不会骗白素，说师父圆寂了，我已回金山寺做住持。

我宽慰他，这事儿都过了，就像雁过寒潭不留影，又何必介怀呢？

他说：我是不介怀，但你都快掐死我了，这个我很介意啊……

我松开手，说：师兄说的什么话，同门一场，我又怎会真的掐死你。

他听了，稍感释然。

我补充道：我只会一不小心掐死你。

是年冬天，眼看就要落雪，我后山的竹屋还只造了一半。天气寒冷，手冻得通红，几乎握不住柴刀，半天也劈不好一根竹子。法牛师兄劝我不如搬到寺里居住，但我觉得，这点苦难都不能承受还怎么修行，于是我一咬牙，一棍子打在他身上，说：别废话，快给我劈竹子啦！

日夜赶工，刚给屋顶铺上茅草，雪就纷纷扬扬落下来了。

一天，我和法牛师兄在屋檐下品着茶，看着雪，师兄稍显心不在焉，倒完了茶，他把茶杯放到炉子上，然后把茶壶往嘴边送，嘴角登时烫起一个泡。

我问他是不是有什么烦恼，他说，没什么，没什么，不过是有些寂寥，若是白姑娘青姑娘在呀，你……

我斜眼看看他，打断道：你提这个，不是有意给我添堵吗？

他说：添堵好啊，等你气过头了，一会儿就不会发飙了。

我说：我何故要发飙呢？

他说：因为……其实……怎么说呢……师父他老人家还健在嘛……

听了，我抿一口清茶，说：嗯，我知道。

法牛师兄猛然抬头看我，有些意料之外，但细细斟酌，又在意料之中。江湖上人都叫他“情僧”，既然他是多情人，又怎会对我和白素无情，肯定是师命难违了。

法牛师兄擦一把鼻涕，说我既然早知道原委了，又何苦处处针对他呢！我拍拍他的肩，说：你傻啊，不针对你，难道我敢针对师父？

法牛师兄说：既然如此，你什么时候去看望师父呢？

我说：寺里长老为了追回衣钵，竟然放真冥师叔出塔，看样子金山寺已是四分五裂，大家各成一派，这种境况下，我去见师父，寺里还不杀起来？

法牛师兄拊掌大笑，说：以为你伤心过头，已经傻了呢！

我斜眼看看他，闷着头喝茶。

笑够了，法牛师兄望向窗外，不觉间，雪下得更大了。他一拍桌子，说：看，寺里的雪多白啊，来，喝了这碗茶，什么烦忧都别想了！

我也看看窗外，说：不，还是要想想的。

法牛师兄说：也对，不管怎么讲，师父把衣钵交给了你，金山寺千年古刹可不能败在你手上!

我说：金山寺会不会败在我手上不知道，但雪这么大，再不上房扫雪，屋顶肯定倒在你我身上。

说话间，屋顶一声脆响，法牛师兄冒出一头冷汗，抓着我一跃飞身到窗外。我们才落地，半个屋顶就倾塌了。法牛师兄喘了半天，说现世报来得也太快了吧。但我总觉得异常，绕到屋子后边，有一串脚印延伸到山路上，极目远眺，并不见人影。

法牛师兄断言，必定是真冥师叔派人来暗算我。

我忽然觉得可笑，大家都是出家人，就算做了住持，也不过青灯黄卷常伴，白菜馒头下肚，又有什么可争呢?

法牛师兄呵呵冷笑，说：住持虽然也吃馒头，但他能让你连馒头都没得吃。

我想了想，说：那他也太能吃啦!

法牛师兄一愣，说：师弟你呀，真是命里注定只能做和尚了……

山中岁月似乎流逝很慢，每天出门，除去门上又多了几支飞镖和暗箭，其他并无太大变化，然而，低头一看，寒冬早过去了，就连夏天也走了大半。

这年夏季雨水很多，清晨我进山漫步，还未折转，就被大雨阻断在山中。等到雨停，通常已是黄昏。

某天在山里避雨时，有个小哥牵驴过来，刚把驴拴树上，驴却被雷劈死了。不料，小哥居然哈哈大笑。想了很久，我突然大悟，余生太短，如果用来伤心，又哪来时间去回忆牵着驴在阳光下漫步的好日子?想到这里，我豁然开朗，一扭头，看见小哥就地生火把驴烤了，我擦把汗，冒雨回寺……

刚到竹屋，看见法牛师兄急匆匆踏雨而来，拖了我就往寺里跑。我问他又怎么啦，他说，有故人来看望你了。

听他这么一说，我猛地挣脱他，健步如飞，瞬时将他甩开到数丈外！

赶到大雄宝殿，看见一缕白衣，那人默默伫立，面对佛像虔诚礼拜。大殿里香客来来往往，我于是克制自己，缓缓迈过门槛，来到她身后，颤着声音说：佛陀一定会保佑你福常随身。

她回过头，对我龇牙。望着她的脸，我冲出大殿，一路狂奔，耗尽所有力气，扑倒在真冥师叔脚边，说：师叔，你给我两刀吧！

回到竹林时，月色朦胧，小青已经坐在屋顶等我很久了。

我叫她别爬那么高，她说就别担心了，她功夫好着呢。我让她别把我屋顶搞塌了。

小青跳下屋顶，轻盈落地，紧跟着我进了竹屋。她告诉我，端午快到了，白素让她到山里避暑，瞎逛的时候，不知怎么想起了我，于是就到金山寺来了。

我把经卷摊开在案几上，看也不看她。她这人很是奇怪，我又没问，她在那儿自言自语些什么呢？

灯盏渐渐暗了，小青拨一下灯芯，继续说，我离开以后，有一次天没亮白素就出了门，走到渡口，一条船刚划过来，她却又转身回了客栈。小青说，这样的事发生过很多次，常常看见她夜里收捡行囊，好像要出远门，但没一会儿，她又好像什么都没发生过，一个人坐在窗边看着西湖……

这么着，小青喋喋不休，一直说到天快亮。当我合上经卷，她忽然起身要回杭州了。我有点意外，竟然有些不舍。

她说：真想把你也带走嘛！

我干笑一声，没有说话。

出了竹屋，小青敲敲门，说：明年端午我还会来看你的，你好好等着吧！

说完，她的身影一点点隐匿在雾气里。

第二年夏天，小青果然如约而来。听到她的笑声，我沿着溪水往下游看，她正盘腿坐在岸边一块山岩上，双手托着腮，说：在洗澡哪！

我面红耳赤，蹲在水下一动不动。

她说：你不要管我嘛，洗你的。

我说：你可以再靠近一点。

她说：不用，不用，这样就挺好。

我一把推开她，说：要不你干脆站我头上来好不好啊！

她笑了一声，在水里游一圈，又重新贴过来，她说：天好热，不下水泡一泡，蛇鳞又要长出来了，前些天差点把许相公吓死呢！

我说：相公？

她忽然收敛笑容，说：是啊，我现在已经为人妻子了，咱这有些人是不是后悔了？

我说：我怎知道，我又没跟你相公聊过，谁知道他后不后悔。

她用水泼我，说：嫁的是白素！

我：……

小青说：今年暮春，白素去游西湖，她在断桥边遇见一个人，虽然只是一面之缘，却好像前世注定的。再后来，他们成了亲，搬到姑苏城，在那儿开了家药铺，平平淡淡过日子。我啊，受不了他们整天腻腻歪歪，所以又来看你啰！

说完，她侧过脸看着我，不知从什么时候起，连她也爱笑了。

上了岸，我披着僧衣坐在树下，山里的风微热，吹得我涌起无限倦意。小青仍在水里畅游，激起的水纹又细又长。看着看着，我好像又看到西湖了……

第二天一早，晨钟敲响，我披上袈裟，出门往寺里去了。

来到大雄宝殿，师父坐在门前蒲团上，他微微一笑，说：法海，步入这扇门，从此便要除灭爱憎，明哲守戒，誓断一切诸恶，誓修一切诸善，誓度一切众生，你想好了吗？

我合掌，低眉。

抬起头，看到师父的目光落在我身后，我转过身，看见小青孤零零站在很远的地方，此刻，我忽然觉得她很像一个人……

师父举起禅杖往地上一顿，我登时回过神，一步迈进佛堂。

自此以后，我每天陪伴师父念经参禅，潜心修行。傍晚从佛堂里出来，总会遇见小青坐在石栏上，嘴里咬根草，注视人来人往。我对她视若无睹，她也不跟我说话。

夏天快要结束的时候，有天回到后山竹屋，桌上摆着斋菜，还是热的。

听到有人叫我，是小青。她一面后退一面挥手，说：喂，法海大禅师，我要回苏州了，明年端午再来看你！

我对她合掌施礼，她也朝我合掌，傻一样地笑，然后说：要记得好好吃饭！

第二年端午，小青再没有来金山寺。

第十二章　伏魔

中秋刚过，金山寺香火鼎盛，处处不得清净。香客路过我门前，有些讶异，询问这种情况之下，禅师如何还能安心悟道？

我告诉他，心念不起，自性不动，那么，不论环境好与坏，随时随地都能达到禅定境界。

听完，香客愣了一下，旋即把那个差点溺水的孩童从放生池拽出来，怒道：什么人啊你！

这人才走，紧跟着进来一位阿婆，老人家颤颤巍巍朝我一拜，问道：老身每日虔心念诵《金刚经》七七四十九遍，请问小禅师，能延寿多少年呢？

我说：你该念九九八十一遍。

阿婆说：难道老身还不够心诚？

我说：也不能这么想，但如果有事干，你就不会来烦我了啊。

长此以往，叨扰很多，我索性就在寺外荒野坐禅。有时遇到成群香客指名点姓要找我，为了专心修行，我会把法牛师兄指给他们，然后看着香客围上去一扫帚把他打翻拖走……

某天，我在寺外闲游，突然冲过来一群人，我觉得老是让师兄背黑锅也不好，于是挺身而出，指着法喜师弟，说：法海在那儿！

不料众人无动于衷，将我围困。我说你们再这样我就报官了，他们说，你报官干啥，我们只不过要找真冥长老。说着，众人推推搡搡，要我带路。

到了真冥师叔的禅房，众人撇下我，齐刷刷跪下，又哭又喊。我转身要走，却被夹在人群里，动弹不得。听到哀号一片，真冥师叔微微睁开眼，说：各位施主有什么事吗？

领头的男子赶紧直起身，叙述众人的遭遇。

事情发生在一个月前，三五个樵夫一齐上山砍柴，途径峡谷，忽然发现一块巨石挡住去路。大家想，多半是前天夜里下暴雨，山顶的石块滑落下来了。这时，忽然听到有人闷声闷气地说话，几人四处张望却不见人影，声响似乎从巨石那边传来。几人一齐上前寻找，无意瞥了一眼，竟看到巨石上挨挨挤挤地浮出人脸，好像要挣脱出来！再一看，巨石也不是巨石，而是一个恶心的大肉瘤！

几个樵夫吓得连滚带爬回到村子，然而村民见了他们，竟然四散奔逃，几人当时就懵了，彼此看了看，各自的脸不知什么时候被剥了……

此后又有一队商客遭遇了同样的事，不知不觉，被剥了脸。虽然说话跟吃饭一如往常，似乎不受影响，但没脸的人多了，常常会被认错，实在不能忍受。

起初，那团肉瘤还夹在峡谷之间不能动弹，大家绕个道也就平安无事了，然而昨天夜里，有人发现肉瘤居然挪动了大约半里路！

讲完，众人“咚”一声把脑门磕地上，站着的我都觉得地板颤了一下。

真冥师叔半睁着眼，慢慢悠悠地说：诸位要我下山伏魔，可我年老体衰，又怎么能够长途跋涉呢？

有人说：长老，我们背你呀！

众人应和道：是是是，是是是。

真冥师叔说：况且在金山寺，我的修为也并非最高嘛。

有人说：那还能有谁呢？

真冥师叔说：不在别处，就在诸位当中。

那人低头看看，说：我们当中？长老的意思是，我将来会生下个绝世高手？

后边的人拍一下他的头，说：高什么啊你，没见旁边站着个和尚！

那人抬头扫我一眼，说：他？行不行呀？

众人应和道：不行不行，不行不行。

真冥师叔说：诸位施主，法海师侄虽然为人轻浮，却法力广大，智慧如海，否则住持师兄又怎会钦定他接掌金山寺呢？

众人听了，整齐地“咦”了一声……

真冥师叔面向我，咧嘴一笑，说：师侄，那就有劳你走一趟了。

众人一阵交头接耳，有人立刻鼓舞大家道：有一个是一个吧，也许那怪物剥够了人脸，我们的就保住了呢？众人终于释然，纷纷朝我礼拜。

回竹屋取了念珠和降魔杵，走在路上，遇见法牛师兄，听说我要下山伏魔，他说：哇，那你死翘翘了！

我：……

法牛说：你想，这种机会，扬名立万哪，真冥居然推脱，那你去了八成也是死。

我说：打不过，跑得过嘛。

法牛说：你逃了，名声就坏了，届时你还能做住持吗？

我说：说笑而已，你真以为我打不过？

法牛说：你是住持，打赢是你的本分，谁还真当回事儿！

听罢，我忽然有点心痛自己，不等想到对策，一群村民已经蜂拥而来，拖着我蜂拥而去。

一路不歇，僧鞋粘上一脚泥，越走越沉。齐腰深的野草锋利似刀，划过手背，留下细长的伤口，时痛时痒。我提议大家走大道，他们告诉我，这就是大道了，因为最近都没人敢走，加之雨水充盈，野草疯长，原本的路早看不见了。

走了两个时辰，来到一条河边，众人忽然立住不再前行。他们说那团肉瘤每天都移动，少则几丈，多则数里，也不知如今到哪儿了，再走，一不留神就要撞上！

众人递给我盛水的竹筒和冷饼，剩下的路，只能我一个人走了。

渡了河，穿过银杏树林，隐约听到雷声，很闷。仰头看看天空，烈日还在头顶，无风也无云。没走几步，雷声又起，像在朝我靠近。拨开树枝，猛然看见一团肉色的东西挡住去路，我于是立刻闭眼，暗结四方法印，周遭虚空登时坚固如同壁垒。

许久，那东西没有动静，我于是摸索着折断一根树枝捅了一下，肉团仿佛受到惊扰，我感觉一阵风掠过来，赶紧再结法印。不料，这妖物比我还快，朝我脸颊就是一掌。

我顺势往后一倒，盘腿而坐，念诵真言。那怪物一通嘶吼，声响刺耳，使我渐渐觉得心神不宁，乃至于前功尽弃，睁了眼。

脸颊忽然一阵刺痛，我赶紧双手捂住，以为要给剥掉了。仔细一看，几个姑娘站在水潭边上，红着脸匆匆穿衣。一个胖得没边儿的女人双手叉腰站在我跟前，说：老实交代，你都看见什么了！

我擦把汗，说：就是一团肉嘛……

她凑近一步，恶狠狠盯着我，说：死和尚，你最好把这事儿讲讲清楚，否则挖了你的眼！

我觉得这种事真是很难解释，大体上呢，吃得多动得少，就会浑身是肉。

正不知怎么开口，忽然听到一声脆响，一棵老银杏树朝这边倒下，姑娘们赶紧散开。不等搞明白是怎么一回事，又倒下几棵树，我看准两棵树之间的缝隙，侧过身站稳，大家见了，挨着我站成一排。树在两侧落地，虽被枝叶剐了一下，但好过被砸一下。

往树林深处看一眼，有个巨物朝这边碾压过来，形似肉瘤，疙疙瘩瘩，还带毛。一个姑娘傻傻盯着，我赶紧喊不要看！可是为时已晚，姑娘把头转向我，双眼竟从脸上被抹去了……

听到树干断裂的声响，我立刻奔向她，拉着她的手说：施主别怕，我做你的眼睛！

她一把挣脱，说：你才瞎呢！

我盯视她，姑娘的眼睛还在呢，就是小，瞪大了也是一条线……

顷刻之间，肉团已到数丈外，身影遮天蔽日。我们夺路奔逃，跑着跑着，姑娘说：哎，你不是有法力吗，怎么连你都跑！

我一听，恍然大悟，赶紧手结莲花步印，纵身而起，霎时就飞远了。

稳稳落在树梢上，远看那团巨肉，摸一摸脸，还在。看样子只要不靠近它，就没有危险。从高处望，肉团恍如一个肉色的大馒头，蠕动异常缓慢。正不知怎样应对，瞥见附近一个水潭，波光粼粼，登时想起在姑苏城，真冥师叔在地上划了个水坑，不论多少人下水，总不会满……

想到这里，我立刻结法印。刚才的姑娘爬上树，扯着我的袈裟说：别丢下我们啊！

我说：我不是要丢下你们，而是已经想到对策了。

姑娘说：什么对策？

我说：果然我的法力还是太浅，回金山寺求师叔吧！

姑娘听了，白眼一翻，昏厥过去……

我背着姑娘爬下树，将她放在草地里，旋即取出念珠朝肉团走过去。越走越近，肉团上凸起一个疙瘩，一点点浮现出我的容貌。肉团继续移动，周遭银杏树微微颤动，落下密集的露水。我拨动佛珠，结净水印，水滴在半空里止住，瞬时幻化成透明的经文，落到肉团上，“呲”一声烫开皮肉，又浓又青的液体一股股涌出，恶臭随之飘荡山野。

念了半个时辰经文，体力稍稍不支，肉团已成一张空瘪的皮囊耷拉在地上，中间有什么突兀地耸立。我掩住口鼻，取出降魔杵划开皮囊，里边露出山神石像，面目被砸去了一半。

姑娘们全围过来，我吩咐她们改日请来石匠修复神像，以后这样的事就不会再发生了。

临走了，姑娘们都来问我的法号，我说降妖伏魔是我的本分，不足挂齿。她们想了想，说：那好吧，看你也不容易，偷看我们洗澡的事就算了。

我说：……

折转金山寺，在后山小溪泡了一夜，身上恶臭总算淡了点儿。回竹屋换衣裳时，翻箱倒柜找到件新衣，不知放置了多久，穿到身上竟意外地合身。触到细腻的针脚，忽然想起这是在姑苏那年，白素一针针一线线缝的……

出了门去佛堂做早课，前几日拉我下山的村民又来骚扰。我抬起手做个止步的手势说：佛门净地，不要喧哗。

他们说：法海禅师，我们来谢你了！

我说：一点小事，随便磕几个头算啦。

他们扑通跪下，说：那天要不是禅师你带路，真冥长老也不会给我们指点迷津把妖物除了，谢了啊！

安歇数日，无事叨扰。

进入秋收季节，寺里僧人全都放下经卷拿起镰刀，在田间地头收割。过去，天竺的僧人都靠信徒供养，到了我们这儿又靠朝廷供养。我师祖接掌金山寺时，对这种修行方式很是鄙视，于是亲自在寺外开荒耕种，自食其力。

当时人们都说，金山寺要改行卖菜了。师祖解释道，我们出家是为一心向道，又不是因为一直很穷，何须他人来施舍？

从小我就佩服师祖的为人，可惜我从未见过他，我遁入空门时，正是师祖圆寂那年。师父曾经说，我和师祖很像，这是轮回。

后来我看到一个人，他跟师父很像，当时我就吓哭了，以为师父也轮回了！师父知道后，拍拍我的光头，说，哈哈，小海，师父这不是还活得好好的嘛。我擦一把鼻涕，说，喏，问题就在这儿了，那个人要是我师父该多好呀……

这天，我和法牛师兄背着背篓，在山下采摘棉花。纯白的棉，在风里轻摇，就像赶不及融化的雪。棉花摘下来，脱了籽，纺成线，织成布，就能为寺里僧人做冬衣。

我俩采摘得疲倦了，在田边树桩坐下，喝一碗粗茶。忽然，法牛大喝一声，从土里拽出一条花蛇，甩鞭子似的一抖，花蛇差点散架！他一把捏住蛇头走到我跟前，我说，小心犯杀戒，快放了。他说，我还想养起来呢，指不定哪天它也来报恩呢，就跟白姑娘青姑娘一样。听到这话，我差点一锄头把他打翻在地。

他说：师弟你不要这么敏感，我就是随口一说。

我默然。

他说：师弟你说，我给她起个什么名字好呢，你觉得……花素怎样？

我怒道：叫花柳不是更好！

他傻笑一气，将蛇放生，而后自言自语道：没有爱恨，就没有牵挂，没有牵挂，就没有纠缠，你还是走吧。

我斜眼看看他，回田里继续干活。

天快黑了，寺里打钟召集僧人归去。棉花摘满了背篓和布袋，师兄和我一前一后走在田间，就像采下了漫天的云。

走着走着，忽然听到身后一阵马蹄声，我往路边迈一步准备避让，不料后背遭了一击，扑倒在地上。法牛听到动静转过身，一把棒槌擦着他的脸划过去，险些敲碎脑瓜壳。

我从地上爬起，望见田野里扬起漫漫尘土，三五十人纵马扬鞭而来！一个师弟见了，扔掉手里的锄头，说：快逃，是山贼！

我和法牛赶紧扔掉背篓，往寺里狂奔，山贼追了一程，渐渐慢下，没一会儿就折回去了。到了山腰，师兄弟们零零散散站着，眼看山贼搬走我们的棉花和口粮，我气得不行，马上回寺召集武僧。

带了人马走到寺门，监寺师叔拦下我们，他说大家都下山，寺里就没有防备了。我说，那我带一部分人就好。监寺点点头，说：这样也行，你带法春法秋下山吧。我诧异：就我们仨？监寺说：你别小看法春法秋，若不是他俩，金山寺的诸位今时今日能不能站在这儿还另说呢！

听了，我有些惭愧，我竟不知寺里有这样的高手，于是恭恭敬敬请教哪两位是法春和法秋师兄。当下，人群里挤出两个胖大和尚，一看，是厨房里做菜的大厨！我实在不解，监寺师叔说：你想，没有他们做菜，你是不是就饿死了，还能站在这儿吗？我说：那也不能带俩厨子下山，搞不好山贼以为我们嘲讽他们是饭桶呢，那还得了哇！监寺摆摆手，说寺里能调动的就只有他们二人。

我看监寺有意刁难，于是袖子一甩，撒手不管了。不料阁楼上踱出一个人，呵呵冷笑一声，说：这就是金山寺住持的气度吗？

不必看，听声音就知道是真冥。监寺师叔跟众武僧见了他，赶紧合掌行礼。这时，远处一扇房门悄然开了，那是师父的禅房。我撇下众人进了屋里，师父躺在床上，抬手去摸禅杖。我赶紧上前扶他，师父的身子变得很单薄，我力气大了点，差点把他推地上。

我问师父是要出门吗，他点点头，我于是背起他往外走。小时候，师父背着我走遍了金山寺，那时我很怕佛像，把脸埋在师父背上，眼泪鼻涕抹了他一身。师父宽慰我，金刚虽然威严，其实一副菩萨心肠。我摇摇头说，师父你看佛像多大，压下来得死多少人呀……

后来，师父背不动我了，我也不再害怕了。

走出禅房，监寺师叔跟众弟子都有些犹豫，看了看真冥才对师父行礼。师父全不理会，拍拍我的肩，说：下山。

我有些吃惊，说：外边有山贼呀师父！

师父说：我虽然走不动，可是还有拳头。

我说：师父你的拳头已经跟馒头一样软了……

师父敲一下我的头，说：做师父的说别怕，你就别怕！

我重重地点头，迈开大步，往山下去了。走到半路，师父突然说且慢且慢！我担心是不是走得太快，颠着他老人家了。只见师父回头看了看，说：那些吃里爬外的，还真是一个都没跟上来啊……

我汗然……

路边呆坐片刻，感到地面一阵颤动，似乎有大队人马杀来。我起身往山下看，并不见山贼，回过头，百十个僧人拎了棍棒、戒刀飞奔出寺。我赶紧靠边站着，挡在师父跟前。

等僧众近了，望见真冥脚尖点地，健步如飞。他轻飘飘落我跟前，稳住身形，然后挠挠胳肢窝，说：法海师侄在这儿闲游，想必胜券在握了吧？

我无言以对。

他说：既然你没有对策，不如随我下山，尽一点绵薄之力。

我摇摇头说：谢了，我不喜欢替人家收尸。

真冥听了狂笑一气，不再搭理我，领着武僧浩浩荡荡往山下去了……

等人走远，师父苦着脸说，真冥灭了山贼，势必名声大振，金山寺再无我们容身之地。我宽慰师父，大地众生皆有佛性，有佛性的地方，就有我们安身的地方。

师父会心一笑，我于是背起他，踏着曲折小路下山，去跟法牛汇合。

第十三章　彩衣

山下兜兜转转数日，师父对金山寺无限眷恋，心里放不下，脚上也走不远。

一天，我们望见湖里孤零零一片沙洲，有间破庙掩藏在玉兰树丛里，寺门向南，天朗气清的时候，能看见金山寺。

到这里，师父就决定不走了。

推开柴门，四座佛堂相对而立，一座塌了，两座空了，剩下药师殿供着一尊药师佛像。我们师徒拜了佛，法牛便搀着师父出殿。我也正要走，瞥见药师佛掌心动了一下，走近看，是一尊木刻的菩萨像，只有玉兰花大点儿，但刀工精致细腻。风一起，她左摇右摆差点跌下佛台，我赶紧扶正，旋即关上门窗出去了。

天色渐晚，我和法牛扫出间空屋让师父休息，而后二人躺在院子里，枕着又厚又软的枯叶，对着满天星斗闲话几句，各自入梦。

睡到半夜，被冻醒了，翻个身，猛然看见一座孤坟！我惊出一身汗，真是怪事，这是谁啊，挖坟挖得也太快了！

坟头忽然动弹一下，我急往后退，取出念珠攥在手里，大声念诵《法华经》。对峙良久，一只手猛然蹿出坟头，而后缓缓垂下。

我结菩提金光印，看到法牛缩成球状，身上落满枯叶，睡得正酣……

找个避风的角落坐了一会儿，还是冷得不行，天边依然一团黑，离天亮尚早。

沿着院子小跑两圈，手脚稍稍暖了点。跑着跑着，闻到沁人的芳香，是花开的味道。经过药师殿，香味渐渐浓郁，门缝里透出流光，好像有人。轻轻推开房门，看见佛台上侧躺着一个少女，彩衣轻飘，玄妙的光，萦绕她静静流淌。

门扉吱呀响了一声，我赶紧稳住。再看佛台，少女突然睁了眼。我一时语塞，因为如果要说是我先来的，你不能在这儿睡，她未必听得进去呢。踌躇间，少女指尖一拨，我登时觉得眉心给拍了一掌，跌到门外。等我爬起来，少女不见了……

天亮后，我把夜里遭遇的怪事讲给师父，进了佛堂，药师佛掌心的菩萨像不知何时变了姿态，歪着头，嫣然一笑。

师父端详了半天，一样不知为何。我看太阳快到头顶了，暂且放下这件事，和法牛师兄出寺去找吃的。

金山寺戒律很严，僧人外出不得化缘，我们于是划着破竹筏登了岸，找到一户农家，给他们磨了半天豆子，挣来两块豆腐、一碗豆浆。

回到破庙，师徒三人喝着冷豆浆，法牛突然哭了。看他一哭，我也有些不忍。法牛说，这都怪他，否则我们也不必风餐露宿了。我拍拍他的肩，说，师兄何必自责，好歹你也磨了半把豆子呢！法牛斜眼看看我，说他其实有三十两银子藏在僧舍门前老榕树下，早知我们会被排挤出金山寺，他就把银两带在身上了。

我拉拉师父的袈裟，说：哇，师父，你听到他说什么了吗？

师父点点头，说：法牛这么一提，为师也有错，为师有七十两银子还收在禅房里。

我：……

几人饭后坐禅，听到屋外沙沙声，以为是下雨，望眼窗外，原来秋凉落叶了。看着看着，师父伸手在我额头弹了一下，我赶紧收心，静静坐禅。

一会儿，师父又弹我额头，这就让我有些恼火了，我明明装得很好了啊！我眯眼看看师父，而后用脚跟支撑，屁股往后挪了半寸，见师父没发现，又挪半寸……挪到师父碰不到我，才闭目冥想。

不料，刚坐定，还被弹。我看师父这人真是神通广大，于是老老实实，不敢再分心了。结果，脑门莫名其妙又挨一下！我睁开眼，忽然看到跟前坐着个少女，一瞬之间幻化为星星点点的光斑，没影了。

我摇摇师父跟法牛，法牛说：怎么了师弟？

我指指跟前，说：你们没见这儿刚才坐着个人？

法牛沉吟片刻，说：佛门净地遇怪事，通常都是福祸参半的。

我不解，何福之有？

法牛低声说：你可能遇到菩萨了。

我大喜，跟着又有些焦虑，问他祸是什么。

法牛转向师父，说：师父，你这个徒弟怕是傻掉了……

师父摇摇头，吩咐我们上山捡柴，天寒了，夜里难睡。去了柴房，柴刀已经锈成渣，但有两条扁担还能用。

辞别了师父，我们渡到对岸，直奔青山。山上遍地的木柴，片刻就捡了五大捆，够烧一夜了。下山时，法牛看见旮旯里一丛秋葵，大喜，说这下不必喝豆浆了。我说也是，没活儿干还想喝豆浆！法牛跳下石坎，把秋葵摘了，但只得一小把。他说，秋葵、蓬蒿、荠菜，都能吃的，我们分头去找。

说完，他抱着柴火跳下石坎，钻进草窠走远了。想了想，我觉得吃野菜实在太危险了，因为，我根本就不认识蓬蒿跟荠菜嘛……

树林里一通搜刮，看见空地上挨挨挤挤长着小果子，民间叫作“藨兹”，像蛇莓，但因为是白色，所以很好认。小时候我在金山寺经常吃到撑，口感很绵，甜里带酸。

漫山的藨兹，边走边摘，拨开一丛狗尾草，猛然看见破庙里那尊菩萨像立在泥地里！我伸手去捡，意外地沉，用力往后一拽，竟然拽出一个少女。

我跌坐在地上，问：你是谁？

她说：菩萨。

我愣了一下，懒得理她，继续摘野果。

少女在我跟前蹲下，手捧着脸，说：我真是菩萨，因为偷吃贡品犯了贪戒，佛陀罚我重头修行……哎，小和尚，你可不能随便跟别人说哦！

我问：说什么？

她说：哈，你很上道嘛！

我说：哈，你很像道上的嘛！

她拉拉我的僧衣，笑道：小和尚，你修行多久了？

我说我活了多少年，就修行了多少年。

她说：是吗？可我看你活不了几年了。

我：……

她说：不过，你要是做了我的弟子，跟随本座潜心修行，说不定就能出离生死，不受苦乐。

我随口“嗯”了一声。

她说：小和尚，你好像……很不在乎嘛！

我把一颗藨兹在她跟前晃了晃，说：怎会不在乎，这东西待会儿可是要吃的，有虫就不好了！

听罢，她的脸一黑，整个人忽然消失无踪了。我心里咯噔一下，这下恐怕闯大祸了，惹毛了她……她该不会去跳崖吧？我赶紧起身四下里找了一圈，见周围没有人目击，我也就放心了。

摘了满满一兜藨兹，拖着柴下山，法牛师兄已经在路边等候了。

夜里，法牛动静很大，吵得我不能成眠。我说就不能消停一会儿吗，结果他反倒怪我，说什么吃了一把藨兹，跑了六次茅房。我觉得他这样做人就不厚道了，我跑了七次，我又抱怨啥了？况且，我们不也吃了他采的野菜吗？

法牛冷哼一声，他说师父就没吃藨兹，只吃野菜，可没见他跑茅房。

我说：是，你回头看看，师父直接趴下了！

折腾到半夜，刚睡一会儿，忽然惊醒了。四下里看看，火还烧着，风还吹着，一如平常。

起身往火堆里添了点柴，再躺下，睡不着了。迎着金山古刹，渐渐想起一些旧事，她们，究竟过得怎么样了……

彻夜无眠，呆坐到天亮。这天早上，师父坐在门前，面朝金山寺等了很久，对我和法牛说，寺里两天没撞钟了。

师父已不是住持了，还管人家撞不撞钟呢，但这么说又怕碰到他的伤心处，我于是扶他进佛堂，一面走一面安慰他道：可能是师父你老了，耳朵听不见了吧。

师父摇摇头，吩咐我回一趟金山寺，看看寺里境况。

我说：真冥师叔跟我宿怨很深，我去了肯定九死一生，为什么不让法牛去？

师父说：法牛没有咒我聋啊。

沿着石阶上山，路上冷冷清清，不见习武的僧人。快到寺门了，我绕个弯到寺北，爬上墙头张望，不料一张脸突然贴上来，我的手滑了一下，一头扎进草丛。

坐起身，看见少女坐在墙头，肩上搭着的三色披帛，在风里轻摇。

她说：你看什么呢，小和尚？

我懒得理她，重新爬上墙头，远远看见三五个僧人勾肩搭背进了僧舍，斜躺在床上侃大山。翻入院墙，路上东躲西藏，连滚带爬，一转身，看见少女大摇大摆在路上晃，我赶紧拉她到寮房后边。

我擦把汗，说：你快走，别跟着我了啊！

说完，我贴着墙去藏经阁，半路撞见一队僧人，我迅速往路边一扑，紧跟着三个前翻滚，藏到石碑后边。探出脑袋看看，少女还站在路中央！我胸口猛地疼了一下，心跳得都快撞断肋骨了。

两个僧人抓住少女的肩，说：嘿，女施主，来求子啊？

我听了，迈出石碑大声喝止，不料，立在路中央的，竟是一尊菩萨石像……众僧望见，也吓一跳。我看他们发愣，赶紧爬墙逃走。

一路小跑下山，眼看没人跟来，栽倒在落叶堆里歇气。躺了一会儿，起身回破庙。师父问我寺里情况怎样，我说，还寺呢，都成山寨了。师父抓着我的手腕追问，我说，这次入寺，往日的师兄弟一个没见着，全是陌生面孔，后来撞上一队僧人，是几天前抢粮食的山贼假扮的！

听我讲完，师父忽然发笑。想想其实也在情理之中，师父这个人一向乐观，他时常教导我要笑对困难，不过，偶尔我也不是很明白，比如法壶师弟摔断腿那年，我明明笑了，但他好像很不爽……

笑着笑着，师父往后一仰，差点跌倒。我说，师父你笑得也太凶了啊。法牛怒道，师父身体不好，你还拿坏消息刺激他！

我觉得法牛所言完全没道理，师父这把年纪了，别说坏消息，就是好消息，他听了也会抽过去。

扶师父坐下，端一碗热水让他喝，拍了半天背，师父渐渐缓过来。我说师父不必忧虑，这其实是件好事。法牛抓着我的衣领，说：还好呢你！

我解释道：真冥执掌金山寺，搞得鸡飞狗跳，我们不是正好把诸位长老和师兄弟接回来吗？

结果，师父又抽过去。

我看看法牛，说：果然，好消息他也受不了！

时间所剩不多，等师父醒了，我立刻辞别他和师兄，又回金山寺去了。

这一行，其实有些心虚，真冥和我说不定想到一块儿去了。走了几步，有点儿要折回去的意思，但又怕师父受不了那么大转折，抽过去就抽不回来了，于是，一鼓作气疾步上山。

绕过山腰跟树林，迎面看见彩衣少女坐在水潭边，用树枝轻拨水面，水下两尾青鱼绕着枝头缓缓游动。听见脚步声，她说：你去哪儿，我跟你啊。

我心里一暖，合掌说：还没告诉你我叫法海呢，你叫什么？

她说：大慈大悲彩衣菩萨。

我说：那我就叫你彩衣。

她拉下脸，说：你对菩萨大不敬，下辈子要变狗的。

我咧开嘴笑笑，走了。

途经附近村庄，逢人就打听，不料，村民都未觉察金山寺有什么异常，还以为寺里修缮佛堂，所以关闭山门。此外，也没听说有大批僧人离开寺院的事。

我和彩衣决计抓个假和尚问问，但他们似乎有所防备，去哪儿都是三五成群，没有落单的。

沿着金山寺走了一圈，快到法海洞了，我说：回吧！

彩衣说：你看，那儿有个洞，被封死了。

我说：你傻吗，被封死了还能叫洞，得叫墙。

她"哦"一声，跟着我转身离开，没走几步，听见有人叫"法海"，声音从洞里传出，有气无力。我想大概是我追忆成狂，产生幻听，但仔细一听，是监寺师叔的声音。

彩衣折回去，耳朵贴着洞前的碎石块听了一会儿，然后朝我招招手。我说，你讲，我听得见。彩衣说，洞里有人。我说，那你救他出来吧。彩衣拉拉衣袖，一掌拍在洞口，我站着等了一会儿，啥都没发生……

她吐下舌头，说：要不……你来？

话没讲完，山上突然滚下一块巨石，彩衣赶紧避让。巨石砸下，正好落在洞口，把山洞彻底堵死了……

我说：你……

她拍拍胸口，说：没事没事，没砸到我，只是吓了一跳。

……

就近找根手臂粗的树枝，一点点把石块撬开，在洞口开了条缝，侧过身刚好能挤进去。我把树枝往路边随手扔了，说：你快进去吧。

彩衣“哦”一声，走了两步，突然折回来，说：你呢？

我把风。

她一脸狐疑，后退两步，说：哈哈，你想骗我，洞里到底有什么？

我说：没有什么。

她说：既然没什么，那你又怕什么？

我说：不进去也行，你就在洞口吼，叫里边的人出来。

她想了想，一步步挪到洞口，喊了一声，立刻飞奔回来。傻站着看了一会儿，她说：啥都没有。

我默然。

这时，洞里又传出监寺师叔的声音，我推一下彩衣，拜托她进洞救人，以后我会解释。她瘪瘪嘴，走到洞边，好像发现什么，一脚踹开碎石块，看到半块石碑，说：咦，白蛇洞？

我拔腿要跑，她说：呵呵，原来你怕蛇！

我长舒一口气，只顾傻笑。

她冷哼一声，试试石缝宽窄，旋即侧过身挤进去。

过了半个时辰，彩衣一个人出来了，问她里边怎么样，她说风景挺好的，就是冷。我说，人呢？她说，人不多，就她一个。我斜眼，说，那是谁在洞里叫我？她说，地上有个窟窿，好像连到很远的地方，声音是从里边来的。我说，窟窿连通到哪儿呢？她说，不知道，不过你就放心吧，我在水池边上开了个口，把水引到窟窿里了，待会儿哪里发大水呀，你师叔就在哪里。

我扶着额头，差点昏厥……

忽然听到古塔那边有动静，我们立刻前往。快到石阶尽头了，听到柴火烧得噼噼啪啪响。藏在树后偷看，二三十个僧人围坐在塔下烤地瓜，自由散漫。假如师父在场，心里肯定不是滋味，他才离开几天呢，大家就过得这么好了。

一股清泉从塔门里渗出来，僧人围观片刻，水势很小，以为谁在门里小便呢，没当回事儿。

我和彩衣绕到塔后，不料又是守卫重重。只是这一票人样子很凶，似怒目金刚，纹丝不动，坐镇塔下。

我看退无可退，一步迈出树后，烤地瓜的僧人全绕过来，说：什么人？

我懒得废话，抽出袖里金刚橛，结掠魔印，迎着一个僧人的拳头扎下去，涌出的血丝登时化作缠绕的丝线，把他团团包裹，像个红色的大蝉蛹。我顺脚一踢，撞翻两个人。忽然看到地上暗影，身侧一把钢刀劈下来，我歪歪脖子避开，同时将金刚橛刺入他腋下，再结掠魔印。

其余僧人见状不敢再靠过来，一点点退。几个面目凶恶的僧人，依然在塔下坐禅，我握紧金刚橛，同他们无声对峙。

良久，他们缓缓睁开眼，我忽然有些身不由己，居然退了半步！

路上卷过一阵风，残叶飘飞，几个僧人突然全起身，七手八脚打过来，插眼睛，抠鼻孔，扯耳朵，掐脖子……我渐渐招架不住，呼喊彩衣，扭头看，她拎着裙摆，跌跌撞撞，已经跑得很远了……

被擒获后，众人用铁链锁住我，带到塔里关押。

塔里冒着一股清泉，水声潺潺，四下不见半个人影。渐渐看到一点光，有人举着蜡烛过来，到了跟前，看见是监寺师叔。我有些诧异，塔里怎么就他一个。师叔说，大家都被分散了关押，塔里本来还有几十号人，没饿死的，都投奔真冥了。

说着，师叔放下灯盏，脱去僧衣扯出棉花，垫在铁链下。我说，师叔，我不疼，你别把自己冻着了。他拍拍我的肩，叹息说这辈子唯一看走眼就是真冥，以为他修行忏悔那么多年，会有所领悟，不再造恶业。

我说：师叔你看走眼的事多了，人非圣贤，你又何必苦恼，话说回来，师叔你别再往我鼻孔里塞棉花了好吧？

入夜后，我饿得发昏，外边没人来送饭。监寺师叔叫我别等了，真冥每天只给一顿饭。

随后，师叔递给我一卷经书，静默片刻，他问：饱了吗？

我点头说饱了，就是下巴都嚼酸了。

师叔说：你把经书吃了？

我说：啥，不是用来吃的？

师叔说：算了算了，你跟我念经就不觉饥饿了。

我无比诧异，世间居然还有如此实用的佛经？师叔说：那是当然，睡着就不饿了嘛！

躺下没多久，冷风袭人，身上的铁链像冰一样，手脚都冻麻了。熬到日出，难得眯了个把时辰。日头一偏，晒不到阳光，又冻醒。

睡睡醒醒，醒醒睡睡，不知道过了多久，一天正午，塔下震天响，地板都跟着晃了晃。我和监寺师叔互相扶持，慢慢走下阶梯，这时候猛然跌进来两个僧人，把门都撞塌了。我们观望片刻，等打斗声止息了，小心走出塔外，却看见把守佛塔的僧人横七竖八，趴在地上号叫。

我抬头远望，寺院外大道上停着一驾马车，小青下巴搭在窗上，抬起手对我挥了一下。小青身侧坐着一个人，马车启程，卷起一路风尘，再看不见了……

……

第十四章　罗刹鬼

我一直当自己是个善忘的人，事过境迁就不会再想。

有时，真的会心生倦意，想要放下一切。

耳畔却忽然听到真迁长老的呵斥，说不可放。

慢慢领悟，实在不好理解，抓牢过往不放，我觉得双手有一种撕裂感，离深渊也越来越近了。

这时真迁长老就说了：你千万别放啊，你一撒手，我们就都死啦！

我低下头，看长老和师兄弟们还悬挂在深坑里，于是攥紧绳索，铆足一口气，跟法牛一起把他们拽出来。众人逃出生天，清点两遍，也就十来号人。

随后真迁长老领我们到一处山涧，指了指峭壁上一个洞穴。我们登上悬崖，把几根藤蔓拧成一根垂下去，我沿着藤蔓往下爬，快到洞口了，我赶紧折回去。

真迁长老说：怎么了？

我说：这么危险，你们问也不问就让我下去，要去你们去！

真迁长老说：你不是都已经下去了吗？！

我挠挠头说：好像是哎……

再次爬到洞穴边，一脚踩下去，软软的。低头一看，洞边卧着驴那么大一只的人面蜘蛛，腿上的毛跟弯刀似的。

我狠狠蹬了一脚石壁，荡到洞口另一侧，人面蜘蛛轻轻一跳，擦着我落到石壁上。我双手抓着藤蔓没办法结印，只好左右荡来荡去。

这时上边的人就说了：法海，快救人啊，不要荡秋千好吗？

我：……

人面蜘蛛蓄足力气又扑过来，我看准时机猛然回身踹了一脚，把它踢落到山涧里。

荡进洞穴，拨开层层蛛网，十二降魔僧被蛛丝缠绕，横七竖八倒在地上。救出了降魔僧，剩下的师兄弟生死未知，去向亦未知……

将众人带到沙洲破庙，师父眼看少了那么多弟子，心里唏嘘，居然泪洒当场。此情此景，我也感触很多，世事无常，当初大家都觉得师父肯定最先死，但有这种想法的人，自己反而死得差不多了！

监寺师叔从人群里站出来，手掌往下一压，提醒大家，金山寺可还在叛徒真冥手里呢！大家听了，各自沉默。

监寺师叔左右看看，继续道：以前住在金山寺，也没觉得好，不过几座玉宇琼楼，冬暖夏凉，现在住破庙了，还真有点想念呢……

几个师弟捂住嘴，忍不住啜泣。

监寺师叔又补充道：冬天看看就要来了，没有冬衣，也没有粮食，不知来年，还能站在这儿的人又有多少……

大家终于忍不住，抱头哭成一片。

一个师弟说：师叔，你就不要再刺激大家了吧！

监寺师叔跺跺脚，说：我的意思是让你们想办法夺回金山寺！

师弟说：那师叔就直说嘛，不要绕弯嘛！

不料监寺直说以后，大家还是哭，监寺登时就茫然了，一个师兄解释道：我们也直说了吧，我们是真没办法……

法牛师兄看看大家，往地上啐了一口，去墙角拎来少林棍，要杀上山。大家看在眼里，也只是低头念经，不愿跟随。法牛师兄大怒，骂他们怕死。大家说，不是他们怕死，但他们都是文僧，根本不懂武功，上了山只会送死。

法牛师兄更加火大，把少林棍折断扔了，坐在地上生闷气。

师父四下扫一眼，目光钉死在我身上。我默默往左迈一小步，站到法喜师弟身后。师父歪一下头，说：法海，为何躲躲闪闪？

师兄弟们让开一条路，把我推到前边。我说我没有躲闪，只是换个位置，好把肤色晒匀一点。

师父说我很闲，肯定是想到对策了。我告诉他，对，脱光了衣裳，正面晒半个时辰，背面晒半个时辰，这就均匀了。

师父阴笑一声，说：好，此计甚妙，就照你说的办，众弟子随你调遣，快上路吧！

说完，师父弹弹袈裟上的灰，让大家解散。

师兄弟们立刻围上来，法喜说：师兄你到底有什么计谋，刚才你说得太隐晦了，听不懂哪！

大家附和道：就是，就是。

我远远看着师父，无比怨念，我哪有什么计谋，这都是师父的阴谋！

我哑然失笑，摆了摆手，法喜突然跪下，说：哇，师兄你这么一比画我就更加不懂了，师兄的境界真是让人自叹不如，还请再直白一点！

大家又附和道：直白一点，直白一点。

我汗然，想了想，说：今晚子时告诉你们。

一个师弟质疑，表示为什么现在不能说，法喜怒斥他道：作战讲天时地利，师兄不明示，那就暗示现在不合时宜啊！

我说：也不是啦，希望到晚上我能想到办法……

法喜说：师兄就算没有主意，也毫不掩饰，心胸真是坦荡，好，大家快去歇息，今晚子时听从师兄调配。

我汗然，等大家各回各屋，独自在院子里傻站着发呆。忽然间，看到木门外闪出半张脸，我提起扫帚就追。跑到岸边，她扑进水里，身体沾到水面瞬间化作泥鳅，激起两三点水花，不见了。

我把扫帚随手扔了，盘腿坐下，手心压着膝盖，指尖贴地，结触地降魔印。片刻之间，湖水翻滚如同沸水，一条泥鳅跃水而出，落到草地上化成少女模样。

她咳出几口水，冻得瑟瑟发抖。

我怒斥道：小妖精，你还敢说自己是菩萨！

彩衣说：呵呵，我这是冷得受不了了自己出来的。

我立刻取出佛珠，念起经文，不料她竟幻化成白素的样子看着我……

我说：你、你赶紧给我变回来受死！

彩衣嬉皮笑脸贴上来，我立即后退，别过脸不看她。

她说：那天我真的没有撇下你不管，可我是菩萨嘛，大慈大悲的，怎么能跟凡人斗殴呢，所以我就找人来帮你了！

我说：为什么你会认识白……那两个姑娘？

彩衣说：不认识啊，我告诉你师兄你快死了，人是他找来的。

我叹口气，说：好，我也不是不讲道理，你快变回来，这事儿就算了。

彩衣犹豫一下，恢复原来容貌。

我说：下次再变她的模样，我就超度了你！

彩衣翻个白眼，说：你快生堆火吧，冻死我了！

捡一堆干树枝把火烧起来，彩衣渐渐不发抖了。她搓搓手，发现我在看她，憋着笑把头低下。

我问她还冷吗，她摇摇头。

我们相对无言，等火渐渐小了，我起身去找船。彩衣跟上来，一步跳上竹筏。

我说：不问我去哪儿你就跟来吗？

她指指竹筏说：这个要怎么玩？

登岸后，我们不停不歇穿街过巷，到了城西禅天寺说明来意，一个僧人便领我们到禅房。慧常长老出门迎接，我也不嘘寒问暖了，直言金山寺困境，希望长老能借我百十来个武僧。

慧常长老合掌说：阿弥陀佛，为民除害确是功德一件，只可惜牵扯到你们金山寺的家事，禅天寺不方便出面。

我说：不能出面，出一点面粉可以吧？

慧常长老说：可以可以，你能扛多少就拿多少。

我说：真是不巧，我的肩膀受了伤，能不能借我一辆推车？

慧常长老说：行行行，请随我来。

到了库房前边，几十辆推车用铁索相连，难分难解，试了一下，刚走两步就累得不行。我看慧常老和尚根本没想帮忙，就说我还是扛吧。这时，忽然听到车轮轰响，彩衣拖着车，居然健步如飞！

慧常长老赶紧拦住彩衣，说：你又是哪儿来的，干什么啊你，走走走！说着把我们往外撵。

经过三圣殿，彩衣突然拉我冲进去。我们绕过佛台，从大殿后边溜出来，东拐西拐拐进一间寮房。供桌上摆着一粒小小的红色珠子，开了门，阳光照进来，墙壁上立刻投射出两条火龙图案，光线变化，火龙居然游动起来。

彩衣一把夺过珠子塞进衣袖，而后拽着我狂奔不休。跑了一会儿，听到密集的脚步声，回头看看，禅天寺的武僧浩浩荡荡全跟来了！

我们在大街小巷里绕了七八圈，绕着绕着就到了金山寺。冲进山门，彩衣故作镇定，喊一声“真冥老和尚，出来受死”，吼完，闪到石像后边，摁着我的脑袋蹲下去。一会儿，大地雷动，禅天寺的和尚飞奔而来。我歪脑袋偷窥一眼，大雄宝殿前，孤零零立着一个僧人，此外再没有人影了。

众目睽睽之下，僧人手执拂尘，岿然不动。几个棍僧从人群里挤出来，要拂尘僧归还赤珠。拂尘僧笑着招招手，棍僧围上去，却忽然都不动了。等了一会儿，后边的人着急，推了一下，不料几个棍僧登时散作肉丝，齐刷刷倒在地上。大家一愣，转身就逃。片刻之间，就剩下一堆布鞋、草鞋。

我和彩衣藏在石像后边，大气不敢喘。忽然觉得手臂有点儿痒，伸手一挠，摸到几缕丝线。白色的拂尘不知何时扎进皮肉，我动一下手腕，觉得骨头都被缠紧了！

拂尘那头突然拽了一下，我下意识去抓彩衣，不料，她迈着小碎步，头也不回又跑了……

我结火院印焚烧，拂尘竟像活的，立刻退缩。看看手臂，豁开一道口子，差点就能看见骨头！我单手结印，奔向拂尘僧，他不闪不避，我一拳砸他脸上，居然硬得像石头。我再结法印，却忽然被他抓住衣领一甩，飞出数丈，撞在石柱上。

我一个鲤鱼打挺，没跳起来，歪歪斜斜倚着石柱，仔细看拂尘僧，他的面目像铁铸的，没有喜怒。他不疾不徐走到我跟前，我抬腿狠踢，他侧过身抓住我的小腿，手一拧，断了！

我痛得差点咬破嘴唇，他抓着腰带把我拎起来，扔进放生池。池里早没水了，里边密密麻麻都是毒虫，几个僧人盘腿而坐，鼻孔里，耳朵里，毒虫进进出出。我立刻结披甲印护住自己，拂尘僧在池边观望一会儿，朝我投下拂尘，竟然突破法印，贯穿我的肩膀。

我倒在地上，毒虫试探一下，慢慢围上来啃噬。我看这次必死无疑了，干脆平躺着，屈手上举，结无畏印。身边突然佛光环绕，佛光渐渐凝聚，化作一个人，面目慈祥，衣带飘飘，像菩萨。拂尘僧飞身上前，菩萨突然化为罗刹鬼，拂尘僧吃了一惊，立刻退让。罗刹鬼一把抓住他，就像捏着苍蝇，手掌一用力，拂尘僧居然爆裂，体内涌出无数爬虫。

我难忍疼痛，意识开始模糊了，收回法印，罗刹鬼随之烟消云散。我奋力逃出放生池，一点点往寺外爬，恍惚间，看到一个胖大和尚赶过来，我抬了抬手，他立刻扛起我，不停不歇下山。

回到破庙，真迁长老看了我的伤势，而后亲自领上师兄弟们外出采药。大家还没回来，法牛师兄突然进屋，手里端着热气腾腾的汤药。我问他药是哪儿来的，他说，真是奇怪，打扫药师佛殿的时候，忽然看到佛像旁边摆着这碗药。

我说：是很奇怪，我都快死了，你还有空扫地呢！

法牛师兄说，药已经尝过，没有问题，然后扶我起身把药喝了。跟着好些天，药师佛殿都会凭空冒出这样一碗药，喝了伤势好得很快。法牛师兄跟几个师弟彻夜不眠守在大殿里，结果还是没见着送药的人。

一天夜里，听到屋顶窸窸窣窣地响，转过脸看窗外，月光下，飘飘扬扬落着雪。看了一会儿，我对门外的人说：进来吧，外边冷。

彩衣犹豫片刻，轻轻推开木门进屋，她说：出着月亮还下雪，真是罕见呢！

我说：那有什么，又下雪又下月亮才罕见。

她咬着指头说：你……好点儿了吗？

我说：偶尔还是会不舒服。

她说：哪儿不舒服？

我说：饿。

她笑一声，说：我又溜了，你不生气啊？

我说：为什么要生气呢？

她不解，我说：那时你要是留下来了，我肯定保护不了你，那个妖僧真是很难对付的。

她低下头，用手背飞快地抹一下眼角，说：你饿了是吧？

我点了点头，她转身就走。我叫她的名字，她立刻又跑回来，还自嘲道：我这是给你做东西吃嘛，不会再溜走了！

我说：嗯，出门的时候把门随手带上。她“哦”一声，抓着门扇一掰，把门弄下来带走了……

等到快要睡着，觉得有人轻拍我的脸，睁开眼，看到彩衣站在床边，微微一笑，说：还想吃东西吗？

她扶我坐起来，说：给你做了炖菜。

看一眼，冬瓜、萝卜、藕、菠菜、芹菜、笋，什么都有。彩衣说，这是她秘制的独特风味。但我表示怀疑，觉得更像有毒的风味。她亲自夹一块萝卜给我，我咬了一口，她问怎样，我说吃起来像萝卜。她瘪瘪嘴，我说你炖这么一锅，萝卜吃起来还像萝卜，已经很不错了。

吃完炖菜，浑身暖暖的，外边雪越下越大，却不觉得冷。一瞬之间，我忽然很想留在这儿哪也不去了，彩衣皱皱眉，说但愿不要，我不解，她说：我内急。

冬天过了一半，师父和几位长老又来看望我的伤势，拉开衣领，肩上的伤口已经愈合，就是抬手的时候还会痛。

我问师父，那天在金山寺，我用了无畏印，佛光里起初还是慈眉善目的菩萨，却突然变成罗刹鬼，为什么会这样呢？

师父说：无畏印是随心的，你心里起了杀念，就会出现罗刹恶鬼。

想了想，我说：还好当时我不饿，否则佛光里掉出一碗面，那多丢脸！

师父干笑一声，诸位长老也跟着干笑。

我问师父金山寺现在怎样了，师父不答，让我先养伤。临走了，师父突然想起什么似的说：为师参悟二十年，才学会了无畏印。说完，颤颤巍巍站起来，几位长老扶着他出门去了。

仔细回想师父的话，我不是很明白，我觉得吧，如果他用了二十年才学会，怎么还好意思跟我炫耀呢……

没躺多久，听到外边放鞭炮，很热闹的样子。我试着下床走动，扯到伤口，痛得不行，于是又躺回去。破庙里人来人往，似乎发生了什么大事。法壶师弟经过门前，我叫住他，问外边怎么了。他说，外边来了一批木匠，又来了一批木头，有人要给我们建寺院！说完，急匆匆走了。

正午刚过，外边又吹唢呐又敲锣，很久都没人经过门前，我心里躁动，但也只能傻躺着。等锣鼓声停了，彩衣肩上挂着布袋，手里提着篮子，嘴里咬着花生糕，侧过身挤进门里。布袋跟篮子里塞满糕点跟瓜果，她把东西往桌上一扔，说：有人送来好多吃的！

我对她笑笑，说：你真好，只有你记得给我送吃的。

她说：哎，你别碰我东西啊，我就是找个别人不会来的地方把东西藏了。

我汗然，说：早上送木料，现在送粮食，到底是什么人呢？

彩衣说：送木料的不知道，刚刚送吃的来的，是姑苏城的名医，叫许仙啥的。

我想了想，耳熟，但不记得在哪儿听过。

到了黄昏，屋外灯火通明，彩衣叮叮当当跑进屋里，脖子上、腰带上、手腕上挂满铜钱。她说：不得了，这下真是发财了！

我说：还有送钱的？

她说：没有啊，我看你们也吃不了那么多东西，就帮你们卖了一点。说完，她坐在桌前，把青灯挪到手边，一枚一枚数钱……

我说：外边那么亮是怎么了？

她头也不抬，说：有个姑娘给你们送来冬衣、棉被跟灯烛，反正乱七八糟什么都有。

我说：什么姑娘？

她说：也不能算是姑娘吧。

我说：难道是婆娘？

她咂咂嘴，说：青蛇妖。

我心里一惊，旋即掩饰道：别吓我啊，我见蛇就晕的，你有没有看错？

她说：我是菩萨啊，她是什么我还看不出来！

我无语，看着她认认真真数铜钱的样子，差点就相信她是菩萨了……

第二天，依然有人送来大量物资，但彩衣刚出门就回来了，她说好几马车全是佛经，没什么意思。此后还有送布料的，送香油钱的，捐佛像的，都是镇上的乡绅。等到天气转暖，木匠立刻开始动工。师父舍不得这座破庙，只让木匠翻修一下，作为新寺院里一个别院。

冬去春来，我已能下地活动，开始做一点简单的活。师父有天看着新建的大雄宝殿跟我说，我那年下山，真是修了好福缘！

我苦笑一声，师父你是沾了福缘，但我只想跟白素、小青团圆。

眼看殿堂楼阁渐渐成形，师父便召集诸位长老为新寺院题名。

我说：就叫金山寺吧，挺怀念的。

师父和长老们沉默片刻。

监寺师叔说：谁在桌子下边？

我爬出来，说：是我，法海。

师父说：徒弟，你还放不下金山寺吗？

我说：金山寺只是个名字，叫了又怎样，是师父你放不下吧？

师父跟众师叔一阵哄笑，随后师父铺开宣纸，提笔蘸墨，“金山寺”三个字一挥而就。

金山寺，再见到你，好像已经隔了一生一世。

第十五章　一念

转眼三月间，我已复原如同当初，每天起个大早，打地基，刨木头，一刻不得闲。

监寺师叔紧盯大家干活，都快成监视师叔了。大家知道师叔着急，他做梦都想着建寺院，而我们呢，做着梦都被他叫起来建寺院！

开工前，收工后，师叔一定要训我们，他说如果大家懒懒散散，一壶水能喝一天，那跟禅天寺那班养尊处优的和尚有什么分别！当时我就笑了，其实分别还挺大的，人家禅天寺喝的是龙井茶，只有我们才喝白水呢。

不过，监寺师叔虽然话是说得难听了一点，其实凡事亲力亲为，他每天用扁担挑着青砖奔走，大汗淋漓。看师叔累得像条狗，我很受鼓舞，觉得自己也确实该努力了——争取早日投奔灵隐寺啊！

一天早晨，估摸着监寺师叔又要挨着敲门让大家开工，我立刻翻身下床，正好撞见师叔从自己的房间出来。

我说，师叔早啊！他笑着点点头，很是欣慰。出了院子，我立刻绕到屋后，翻窗子进屋继续睡。

没睡多久，外边异常安静，没有平时锯木头的声音。

我吓了一跳，难道大家……都跟我一样？我又从窗里翻出去，看看隔壁，空无一人。走到别院跟前，师兄弟们迎着湖岸默默伫立。我以为监寺师叔又训人了，悄悄掉头，突然听见笑声，是妖僧真冥！

我穿过人群，站到师父身边，湖上停着十几条船，船上立着四五十个僧人，全都露着一边膀子，青筋凸起，胳膊上冒出黑亮的倒刺。中间一条船上，真冥白眉白须，盘腿而坐。

看见我，他笑道：法海师侄真是命大！

我说：这才发现，师叔你笑起来很像我认识的一个人。

他说：哦？什么人？

我说：贱人嘛。

真冥哈哈大笑，师父对他怒道：金山寺多少代人含辛茹苦，方才换来今时今日的家业，你招揽山贼，残害同门，还记得自己是佛家弟子吗？！

真冥说：阿弥陀佛，师兄此言差矣，佛门无偏见，就算是无赖痞子，我佛也愿意教化他们，不是吗？

我上前一步，说：同意，他们可不就是无赖痞子吗？

真冥突然板下脸，船上的妖僧也蠢蠢跃动，我看他这是要开打，于是手结法印跳上岸边一条船。身后突然沉了一下，回头看见彩衣，我还是头一次见她目光如此坚定，于是点点头，让她划船。

对面妖僧双手合十念诵经文，我忽然觉得晕头转向，心想他们出招也太快了！晕着晕着，看见了师父，然后看见了真冥，然后又看见师父，又看见真冥……我一把抓住彩衣，说：你到底会不会划船，别原地打转啊！

彩衣吐一下舌头。

被彩衣这么一闹，我登时觉得气势全无，于是退回岸上，跟真冥相约改日再战。

师父对我说：不必改日，此时此刻就是最好的时刻，你的法力已达到很高境界，可以为民除害了！

我说：但我希望能达到更高的境界。

师父说：哦？

我说：那就是理解他，原谅他，包容他，善哉善哉……

这时，身后涛声震耳，师兄弟都往后退，一众妖僧的船只已经靠上岸。彩衣举起船桨迎上去，我立刻抓住她的小辫子把她揪回来。

彩衣说：放手，我要打死他们！

我说：嗯嗯，就怕你打死他们。他们不过是一时迷惑，其实最需要我佛帮助了。

彩衣听了渐渐不再挣扎，从腰间抽出一把匕首两串铜钱，屁颠屁颠朝妖僧跑。我又把她拉回来，她拿着刀往前冲我是明白的，但她拿着钱我就不明白了。

彩衣说：你不是要帮助他们吗？

我汗然，说：不是这种帮助呀，你怎么不干脆送他们两把斧头呢！

彩衣想了想，从腰间摸出一把斧头……

我使出蛮力，近乎粗暴，把她扔给几个师弟，说：拖走！

妖僧紧跟上来，我看他们戾气袭人，全无出家人的样子，于是手结说法印，念诵《心经》。两个妖僧挥掌就劈，我内劲一上，声似雷霆。两人突然呆住，脸上裂开细细密密的缝，风一起，裂缝里涌出无数蝴蝶，两副空壳随之跌倒地上，碎成渣滓。

其余妖僧迅速退往两边，中间飞来一条禅杖，我立刻避让到旁边。禅杖才落地，迎面就看见鞋底，不等反应过来，嘴都被踹歪了！真冥看我跌倒，顺势又是一掌，不料突然寒光闪动，真冥立刻收回掌锋。寒光贴着我的脸划过去，落到地上一看，是彩衣的匕首。

我说：干什么啊你，差点把我戳瞎了！

彩衣说：那也不错，以后你就不用看别人的脸色了嘛！

我：……

一个师弟赶紧把彩衣往寺里带，不料她反手一巴掌，师弟立即飞身砸向真冥。真冥不慌不忙，凌空一脚，将师弟踢回去。彩衣在半空中抓住师弟小腿，身体转个圈，又把师弟扔给真冥……

我看师弟就快被他们玩死了，扑上前截住他。不料彩衣转身抓住另外两个师弟，一人一脚，二人登时如同离弦的箭扎向真冥。老和尚提起禅杖左右狂扫，两个师弟便在半空中掉个头，一头撞进墙里。

彩衣伸手抓人，左右看看，大家都躲得很远了！真冥额头微微冒了点汗，往后退让几步，一众妖僧手持戒刀杀奔上来。我结刀剑印，指尖轻弹，暗涌的风把空中的落叶都斩成两半，不料妖僧扬起戒刀，轻松挡开。

眼看妖僧已经离得很近，来不及再结法印，我转身就跑。跑着跑着，看见彩衣还在恋战，她使蛮力把磨盘一扔，将一个妖僧拦腰砸成两截！妖僧体内涌出的毒虫眼看就要靠近彩衣，我立刻上前拉她。不料，她顺手把我也一扔，越过一片光头，扑倒在真冥脚边。

我愣了一会儿，缓缓抬起头，说：师叔，你鞋脏了，要不要我帮你擦一下呀？

真冥冷冷笑一声，掐着脖子把我拽起来，另一只手举起金钵，密密麻麻的毒虫像黑水似的涌出。他把金钵凑到我嘴边，我马上双手捂住。真冥呼喊一声，立刻过来两个僧人，把我的手反剪了。

真冥又要喂我吃毒虫，我歪着脑袋奋力一撞，金钵滑落。我赶紧迎着寺里叫喊法牛师兄，一瞬之间，百十来号棍僧齐刷刷站上房顶。

法牛师兄一声令下，众棍僧立刻往下跳，不料，刚落地就有二十几号人把脚崴了，还有十几号人都没下地呢，一脚踩滑直接穿过瓦片摔到佛堂里去了……

两边人马一接上，立刻打成一片。

真冥差点笑岔气，笑够了，他说：原来有埋伏，差点儿就中计了。

我也笑，说：是差一点。

话音才落，一串佛珠绕过真冥脖子，往后一拽，将他拖开。真冥回过头，真迁长老朝他天灵盖一拍，他立刻跪在地上，膝盖都磕碎了。我结护身火印，抓着我的僧人双手霎时烧成碳。几尊立在空地上的佛像由内而外裂开，站出十二个僧人，手持铁棍，不怒而威。

一个师兄说：呵呵，你难道把我们忘了吗？

我赶忙道歉，说：真是对不住啊，我刚才还想把你们埋伏在哪儿了呢！

师兄一愣，真冥也一愣，我不禁诧异，师兄这话是跟真冥说的呀……

师兄重新酝酿一下，厉声道：真冥，你个佛门败类，我们今天要清理门户！

说着，十二降魔僧脚尖点地奔向真冥，铁棒落下，他不避不让，脸都被砸出坑了。真冥突然撕裂僧衣和袈裟，袒露出上身，指尖刺入腹中往两边一拉，登时爬出无数筷子长短的蜈蚣。听到身后一阵惨叫，众妖僧也像真冥一样，剖开了自己的肚子。

真迁长老扔开佛珠后退，却突然被真冥抓住手腕，毒虫眨眼爬遍全身。毒虫往真迁长老脖子上咬了一口，肿起一个亮晶晶的大水泡，长老伸手摸了一下，突然炸裂。我刚往前一步，不料十二降魔僧架起我，飞身到寺院里。毒虫迅速围拢过来，众人背靠背围成一个圈，我想结披甲护身印，但也只能护住身边几个人而已。

最外边的几个师兄弟被毒虫钻入体内，身上水泡爆裂，倒在地上后变成了一摊血水，连骨头都不剩！

我立刻盘腿而坐，屈手上举结无畏法印，暗淡的佛光里浮现出罗刹鬼。一只粗糙的手握住我的指尖，是师父，他说：法海，心有杀念，一念一地狱，胸怀慈悲，一念一天堂。

师父挨着我坐下，也结无畏印。听师父念真言，我也跟着念。周遭佛光渐渐变得清澈，金山寺顷刻之间如同天宫，菩萨、佛陀悠然来往。

地上的毒虫全都停住，背后一点点裂开，突然从中飞出无数蝴蝶……

一场鏖战，伤亡过半。寺院还未建成，墓塔却悄悄矗立起来。

真冥和一众妖僧都已铲灭，师父却始终不提金山寺的事，过了几天，我实在忍不住问了，师父却要我上山，把金山寺烧了。

我说师父你是担心山下一座金山寺，山上一座金山寺，香客会搞混了吧，那还不简单，山上那座叫旧金山寺不就好了。

法牛师兄在一边听了，打岔道：不行不行，又长又拗口。

我说：既然这样，那就叫旧金山。

等了很久师父都不说话，只是转过身，轻敲木鱼念诵佛经……

我带着几个师弟上了山，老远就闻到腥臭，走进大雄宝殿，地板上、石柱上、佛像上，布满了还没有孵化的虫卵，如同密密麻麻的脓疮，看得想吐。

我们把干的稻草铺好，浇上油，正要扔火把，我忽然又有些不舍了。

看着四面高墙，记起曾经在这里扫地七年，佛台上的戒尺不知打了我的光头多少次，还有墙脚一个蒲团，是师父罚我面壁用的，都快被我跪得跟纸一样薄了……

这样一想，我猛地扔出火把，这些破事要是让人知道了，那多不好意思！

回到山下寺院，彩旗飘飘，诸位长老和师兄弟都站在岸边。监寺师叔手里捧着袈裟朝我走来。我左右看看，没找着师父，往湖心眺望，一叶扁舟已经漂得很远了……

第十六章　住持

小时候我觉得做了住持就跟师父一样，每天手拿戒尺在佛堂里晃，看谁心生妄想了，只照着脑袋就是一戒尺。如今我做了住持，发现完全不是这样，真实的情况是，我想打谁就打谁，想打哪儿就打哪儿！

那时我还觉得，做了住持应该会有很多人为我跑腿，不料一切大小事务，依然要我亲自过问，比如“住持到底要干些什么啊”，等等。

身为一寺之主，修持、弘法、惩戒、待客，样样都得亲力亲为，耳边当然就难得清静。时间久了，发现那些聒噪的声音其实千篇一律，无非“你是住持啊，佛法大会都开始了怎么还睡呢”之类，渐渐也就习惯。

寺里有些长老觉得我自由散漫，很多事没放在心上，其实不然，我只是在思索，希望能为金山寺带来巨大变革。不过，想法虽然如此，阻挠却很多，不解也很多，尤其是我提议“住持不必上早晚课”时，长老们还真是一个都不同意……

再往后，我也想收徒弟了，照例我该赐她法号，但我习惯了叫她彩衣。

寺里长老知道了，又反对。这样我就有些恼火了，佛门里难道不能有女弟子吗？

真崇长老说：不是不可以，但你看人家都哭了！

我看看彩衣，她确实哭得梨花带雨，我于是轻拍她的头，说：不要怕，剃光头又不疼。

拈起一缕头发，我忽然不打算剃了，决定让彩衣带发修行。

众人说：住持你变得真快！

我说：主要是刀太快。

众人诧异，说：莫非住持的刀能够割断红尘世间苦？

我说：不能，但差点就割断手指了，你们谁会包扎呀……

这年夏天，金山寺终于落成。寺里上下有条不紊，有没有我，似乎已经不重要。

我每天坐着船，在湖里肆意漂流。不管漂到哪儿，总是能看见金山寺，像一座岛浮在水中央。只要见着金山寺，我就安心了，于是枕着双手，悠然入梦。

有一天，一觉醒来，船里零零散散摆着经卷，彩衣下巴搭在船上，一只手轻轻拨起涟漪。一会儿，她渐渐困了，歪一下脑袋睡着了。等到水波平静，她的脸倒映在水中，看着看着，突然很像一个人！

这时忽然落雨，我捻指结印，轻轻送出一掌，小船立刻游向岸边。

上了岸，我和彩衣站在柳树下，她用手擦擦我头上的水，说：都淋湿了。

我说：你回去吧。

她说：下雨呢，怎么回？

我说：我做了住持，可是比和尚还和尚的和尚，你不要再跟着我了。

她嬉皮笑脸说：师父要逐我出师门吗？

我说：你有五百年道行，我哪有资历做你的师父。

彩衣听了渐渐收敛笑容，忽然，她凑过来在我脸上亲了一下。我立刻结法印，说：青蛇，你不要太放肆了！

彩衣的脸颊像花瓣似的剥落，一点点浮出小青的模样，她咧嘴笑笑，说：法海，如果你真的已经四大皆空，又为什么会生气呢？

我一时语塞，冒着雨跳上船，急回金山寺。

回到别院，我召来十二降魔僧坐镇，从此闭门不出。不料，常常听到什么落到瓦片上，沿着屋顶滚落下来，一看，是杏子。顺着屋檐望出去，小青正坐在很高的树上，双脚前后晃荡。

第二天，我吩咐弟子把树砍了，结果，又听到杏子落在屋顶的声音。法牛师兄说，他什么也没听见，声音肯定是在我心里，因为小青早已经走了。

我说：你少来，我一出去，她肯定站在那儿！

法牛师兄说：如果你抱持这种想法，那么，青姑娘已经不在外边了，她就在这屋里，就在你眼前！

法牛师兄背后，飘出几缕黑发，我歪着头看看，是小青！

法牛师兄擦把汗，说：你看，我刚才说什么来着……

我立刻合上门，把他们挡在屋外。不料身后突然感受到一股怪力，霎时我便连人带门贴在对面墙上。

小青脸上蛇鳞忽隐忽现。

我说：怎么，要吞我啊？

她听了，渐渐平静下来，猛然抓起身边一尊铜像，往毒牙上狠狠一砸。我赶紧抓住她的手，她说：如果你讨厌我，只因为我是妖，现在我就把五百年修为全部舍弃！

我夺过佛像，说：不要拿佛像啊，外边有青砖你没看见吗？！

小青说：是忘不了白素吗？

我默然。

小青苦笑一声，转身走了。

我立刻追出去，对她说：假如，我没有在遇见你之前遇见白素，假如我也不是出家人，我……我……我也不会喜欢你的！

小青背对我站了一会儿，回过头时，她在笑，笑得很傻气。

她说：哈哈，傻和尚，你真以为这样我就会走啦？

等到夜深人静，我看了看窗缝，再看看门缝，随后爬上房梁，把瓦揭开一点点观望片刻。哪里都不见小青的踪影，我于是翻出窗户，摸着黑走到水边，划船出逃。

靠了岸，我在城里绕了十来圈，没觉得有人尾随了，才出城往荒野里走。这一路上，我专走死路、绝路，然后爬树、跳崖、钻洞……一面走还不忘一面掩盖痕迹。不知不觉走了七天六夜，晌午时分远远看见一条官道，道上有一个茶坊，我慢慢悠悠走过去，跟卖茶的小哥买碗茶喝，顺便就问这是哪儿。

小哥说：这儿没地名，大家都叫九里长亭。

我看了看，说：你这亭子也没有九里长啊。

小哥白我一眼，说：出了城到我这儿，不多不少正好是九里，亲人朋友送别呢，也就到此为止。

我喝口茶，问城里有没有寺院，我好挂个单歇息几天。

小哥说：有啊，城西有个禅天寺，城南有个金山寺，城东……

我诧异道：啥？

小哥说：金山寺，怎么了？

我愣了一会儿，立刻起身左右看看，冷不丁看见小青侧着身站在长亭的柱子后边。我看我肯定是被她的妖术迷惑了，走了好些天，其实一直绕着金山寺转！

再启程，我一路结禅定印，念着佛号赶路。路上过来一辆马车，我迈一大步跨去，马夫吓了一跳，我也吓一跳，小青坐在车里，笑着朝我伸过手来！我往路上一扑，沿着山坡不停滚，滚到河边，立刻沿着岸往上游跑。

这一走，走了小半年，登上一座山，方圆数十里全然不见炊烟。万水千山走过，身上衣裳已经烂得不成形，于是采些龙须草，自己编一件蓑衣披上。山腰上有一个很浅的洞，离洞不远有个小小的土坑，每天都有泉水自己渗出来，清澈而甘甜，我索性就在这里暂住下来，潜心修行。

住了些日子，异常平静，或者说，平静得异常，茫茫树海中，居然没有一头猛兽，尽是松鼠、兔子之类……

犹豫很久，我说：我跟你，有三重障碍无论如何是过不去的，你又何必那么执着呢？

洞外的人沉默片刻，说：什么障碍？

我说：我是人，你是妖，我是僧，你是俗……

小青说：还有呢？

我说：有一天，我会老，但你不会。

小青从洞外一侧走出来，说：你跟白素也有这三重障碍吗？

我默然。

洞外还下着雨，我念了几句经文，再也静不下心，于是招招手，说：进来避避雨啊。不料小青却突然跑了，过了一会儿，她回来的时候，脸上滴着水，痴痴傻傻地笑，手里捧着很多野果。

我说：如果我不让你进来，你是不是就不打算让我吃了啊？

她走进来挨着我坐下，吃了一粒果子，把核一吐，正中路边一块青石。忽然记起第一次见到小青，她还把核往我头上吐呢，想到这里，我有些脸红。

时隔多年，这种事也还记得，我多少是有点记仇呀……

小青又一吐，击落一只飞鸟，飞鸟落地，却没有受伤，振一振翅膀又飞走了。

我不禁佩服道：真不得了！

她嘿嘿笑一声，说：以身相许的话，我就教你。

我说：这还要学吗，如果我跟你一样闲，我也可以跟你一样准。

她哼哼一声，我也吐一粒核，还没落地就被她吐的核击中……

彻夜坐禅，天亮时起来伸个懒腰，小青躺在山洞另一边，脸埋在手臂里睡得还很沉。

我用泉水洗漱了，在附近遛个弯，再回来，小青还在睡。听到我的脚步声，她抬起头，脸色惨白惨白的。我问她是不是病了，她朝我摊开手心，是两粒亮晶晶的东西。

我说：这是什么？

她说：牙。

我说：你这样就不厚道了，昨晚又不是我做饭，你吃到牙也不能怪我吧！

她有气无力，说：你说我是妖，我现在除掉了自己的毒牙；你说你是僧，可佛是爱众生的，我也是众生；你说你会老……哼，你死的时候，我跟你一起！

……

等到小青渐渐好转，我也准备回金山寺了。

来时的路很长，回去却走得很快，转眼又到九里长亭。一路上，小青步步紧跟，但我已不那么介怀，不躲不闪。

渡船靠了岸，我从偏门入寺，刚换上干净的衣裳，寺里负责接待香客的知客师叔就来敲门，说有位施主在寮房住了很多天，再等不到我，他就要走了。

我说：让他走，我是住持，又不是老鸨，还接客呢！

知客师叔说：他既然来了，住持又恰好在，见一面何妨？

我点点头，随师叔去了寮房。到了院子里，看见一个书生模样的人立在花前，但心思全不在花，走近了，闻到他身上散发淡淡的草药味道。

知客师叔刚要打招呼，小青突然蹿到前边，说：许仙！

那人吓了一跳，半天说了一句：是你呀，小青……

小青左右看看，说：你来烧香吗？白姐姐呢？

许仙吞吞吐吐说不出话，我看他给小青吓了那一跳还没缓过来，于是上前一步，说：不如到禅房喝杯清茶，我们慢慢聊。

许仙看看我，再瞄一眼小青，突然拱手告辞了。

入夜后，僧人各回僧舍，寺里很快静下来，能听见湖水拍岸的涛声。我刚要睡下，忽然听见有人敲门，敲得很轻。一听就不是小青，因为她平时开门都是用踹的。

我问外边这么晚了还有什么事，外边的人说：法海禅师，是我，白天我们见过的。

开了门，许仙一头蹿进来，看看附近没有人了，才蹑手蹑脚把门合上。

我说：你这么着急，是有什么事呢？

许仙喘了一会儿，说：白蛇……我娘子是一条白蛇……

第十七章　妖妻

彻夜倾听，知道几多事。

许仙和白素离开西湖去了姑苏，他曾在药铺做过多年学徒，攒下了一点积蓄，于是盘下一间店铺贩卖药材、行医治病。白素希望这药铺能保一方黎民，于是取名叫“保民堂”。夫妻辛苦经营，却门庭冷落。许仙心想，肯定是药铺名字不够响，行医治病当然是保命要紧，于是改为“保命堂”。

同年四月，姑苏城爆发一场时疫，城里大夫束手无策，拖儿带女出城避灾。这时，白素神神秘秘交给许仙一单药方，让他照单开药，能去除这场时疫。

许仙仔细看过药方，每一味药都认识，但全部放一块儿就不认识了。想了大半夜，他照着白素的药方熬了药，灌进葫芦里偷溜出药铺，然后把药给路边一个染病的乞丐喝了。一连服用了四五天，乞丐居然痊愈！

许仙大喜，立刻用一口大锅熬药，分给左邻右舍。大家喝了，当天就有食欲能吃饭，第二天就能慢慢悠悠走几步。从此，药铺里人流如织，天不亮许仙就开门接诊，白素则在后院熬药，烟熏得眼睛、鼻子红红的……

数月后，时疫消除，大家都说保命堂果然保命，许仙名扬姑苏！

听许仙讲完，我说：你娘子很好啊，智慧过人，贤良淑德，哪里不对呢？

许仙说：哇，法海禅师，我后半夜说的话你是一句都没听呀！

我说：那……你再说一遍？

事情发生在去年花朝节，白素、许仙故地重游，去看西湖香市。大路两边，商贩挨挨挤挤都在卖红烛佛香，大路中间，香客来来往往都在顶礼膜拜。

白素、许仙跟在人潮里，一点一点往前挪，挪到一座桥上，桥梁难以承受，突然坍塌，行人纷纷跌下水。这时，白素抓着许仙的胳膊，轻轻迈一步，竟然越过断桥平平稳稳落到对面。

许仙说：禅师就不觉得，一个弱女子能够做到这样，很是诡异吗？

我说：是很诡异，她身手那么好，你还管她叫弱女子呢，应该叫女侠嘛！

许仙哑然失笑，歪着头听了听屋外的声响，是风吹树叶，于是继续道：昨日跟在禅师身后的小丫头叫做小青，来历不明，飘忽不定，娘子认她做妹妹，但她也不是寻常人，我好久没见着她了，不知为什么会在贵寺。

我说：她又不寻常在哪儿了？

白天，许仙通常在药铺问诊，很少回家。某天下大雨，空气湿热，呆坐一上午也没有病人，于是让帮工看店，自己回家小睡片刻。进了大门，看见屋前树上躺着一个人，是小青，全身都淋湿了她还在睡。许仙想叫她下来，不料刚一抬头，看见她脸上浮起一层蛇鳞。小青听到动静惊醒了，蛇鳞忽然消散……

听完，我沉吟片刻，说：不如你这样想，你说她们不寻常，也许是你太平常。

许仙说：唉，我是很平常，肉体凡胎，老实人，否则又怎会遇见妖怪呢！

我说：你要是老实人，那名扬姑苏的就该是白素了。

许仙一愣，无话回应。

我说：她不但对你有恩，还对你有情，你怎么能开口就说她是妖呢？

许仙说：差点杀了我，这也是恩？

我说：嗯？

自从看到小青脸上浮现蛇鳞，许仙始终耿耿于怀，想要找人诉说，但终究是家事不太方便。再说，万一看走眼错怪了小青，难免内疚，就算不内疚，以小青的脾气也会把他打出内伤。

反复琢磨，许仙发现，每逢端午，小青就会突然失踪几天。端午时节天气燥热，而小青闪现妖相那天正好也热得很。许仙于是挑一个烈日当空的正午，买壶酒，买只烧鹅，一声不响回家吃饭。不料进了屋，只看见白素，她做好了饭菜放在食盒里，正准备送到药铺。

许仙借口去茅房，宅子里转了一圈，始终不见小青。回头问白素，她也不知道小青去哪儿了。许仙看计划落空，于是倒上酒一个人喝，刚饮了一杯，觉得乏味，于是找来杯盏让白素一起饮酒。

白素有些推脱，许仙心里怀疑，更要让她喝。白素拗不过，浅尝一口，突然脸色一变。许仙看了有些害怕，说：你怎么了？

白素皱皱眉说：你这酒……被人家掺水了。

许仙汗然……

话说到一半，金山寺敲晨钟了，许仙又起身告辞。他刚走，小青就来了。她捧着一杯茶，说昨晚看见寺里一朵昙花开了，花瓣上结着露水，于是守了一夜，采到满满一杯水给我煮了茶。

她还说，不必感动，她并不觉得有什么辛苦。

我说，是不敢动呀，为了那片昙花长得好，法牛平时都是用粪水浇的。

她瘪瘪嘴说：你只在乎这杯茶，难道就不在乎煮茶的人吗？

我说：对，你煮茶的时候有没有洗手？

小青突然愣住，我也觉得说这种话有些傻气，毕竟都用那种水煮茶了，洗不洗手还有分别吗？可是，她突然又笑了，把茶放在桌上，走了。

我起身去寺外闲逛，正好看见法牛师兄立在岸边，水中央漂着几张草席，弟子们一个一个往上跳。我上前打声招呼，说：师兄教徒弟练轻功呢！

法牛师兄说：我在造船。

我看了看草席，说：师兄真是高瞻远瞩，是打算造一种可以随身携带的船吧？

法牛师兄说：哦，那就是几张草席啦，风吹来的，我的船在水底，让徒弟下去捞呢。

我：……

船的一端刚被拽上来，湖上掀起一阵浪，又沉下去。犹豫片刻，我问师兄，为什么我对别人的好完全不领情，她还笑得出来呢？

法牛师兄说：因为不求回报，所以没有烦恼啊。

我站了一会儿，立刻折转禅房。茶，已经凉了。我小心捧起杯盏，手一抬，把茶倒了。幸好记起来，房里那株兰草都好些天没浇水了呢！

吃过斋饭，扛一把锄头到菜园子干活。菜园边上堆着干柴，经过的时候，听见有人叫我，声音从柴堆里来。走近一看，是许仙。他说：请禅师假装劈柴，要是被小青看见，我恐怕性命不保……

我不很理解，但还是照他说的做，不料他突然变卦，不要我劈柴了。我有些恼火，怎么说我也是金山寺住持，怎能随随便便呼来唤去！

许仙说：可禅师你劈的是我的腿呀……我低头看看，赶紧放手，重新捡一块木头来劈。

许仙继续述说白素的事。

那时，过了很久，许仙都没有等到小青回来，白素也平平常常，没什么异样，许仙渐渐就把心里的怀疑都放下了。

药铺里不时有人来买蛇酒，但店里一直没有。时间长了，问的人多了，许仙觉得买几条蛇泡几坛酒也未尝不可。从市集买了蛇，用竹篓关起来，准备等它们排泄干净，就活生生拿来泡酒。过了两三天，许仙查看竹篓，居然一条蛇也不剩了！许仙马上进屋找蛇，怕白素被咬伤，不料却看见她捧着蛇，像在说话。剧毒的蝮蛇，在白素手里竟意外地温和！

后来，许仙又买蛇泡酒，但白素不许，把蛇都放了，他于是又想起小青和花朝节的事……从此提心吊胆，夜里都不敢睡。某天一不小心睡着，突然惊醒过来，看到两条腿只剩下骨头，一条斑纹巨蟒卧在身边，正要吞他的手！许仙猛往后爬，跌下床，发现是噩梦一场，然而他更加害怕白素了。

许仙越想越难受，不想错怪白素，更不想横尸床头，于是去寺院求了几张驱魔符咒藏在身上。夜里回了家，白素果然有反应，她捂着肚子差点就笑岔气了，说哪有人把符贴一脸的。许仙擦擦汗说，阳光毒辣，防晒嘛……

许仙心想，白素果然道行太高，幸好还有准备。等白素睡着，他从床下摸出一把匕首，慢慢放在白素眉心。刚要刺下去，白素在睡梦中翻个身抱着他，许仙忽然有些不忍，如果白素不是妖，那他岂不是杀人了？于是收回匕首，静静躺着，整夜无眠。

眼看端午就要到了，药铺里雄黄卖得特别好，许仙学医，深谙雄黄药性，真没觉得雄黄哪里不得了，但大家都说它能驱虫辟邪。听到辟邪，许仙立刻动摇。

端午那天早上，许仙依然开门问诊，到了中午才拎一包雄黄粉、一壶雄黄酒回家。趁着白素去厨房盛汤，许仙赶紧往菜里撒上雄黄粉，用筷子搅匀。等白素回来，许仙倒上雄黄酒，要跟白素共饮。

白素闻到雄黄味，推脱不喝，许仙连哄带骗，白素才肯喝了几杯。

等到酒劲涌上，白素也不再推辞，两人把酒言欢直到深夜。喝完了酒，头疼、眩晕、胸闷、腹痛，所有这些症状，全都出现在许仙身上！

白素赶紧扶他躺下，许仙又吐又泄，直到天亮。白素追问之后，许仙才告诉她饭菜跟酒里都加了雄黄。白素气得不行，说雄黄受热会变砒霜的，你做大夫的怎么能这么大意！许仙又吐了一阵，有气无力地说：既然是砒霜，为什么你会没事呢？

说到这里，许仙忽然打住。

我说：后来呢？

他说：禅师你劈柴不要那么快，我下半身全露外边了！

我把劈好的柴重新盖到他身上，让他继续。

他说，当时白素什么都没说，每天给他熬药解毒，照顾他的饮食，等他康复了，白素就把自己的身世来历都告诉他了。

我说：然后你就来找我了？

他说：哪能呀，我还跟平常一样，白天在药铺，晚上和她一起吃饭，一起说话，一起睡觉。

我点点头说：那你还算讲点情义。

他说：当然了，不稳住她，我还能活着来见禅师你吗？

我汗然……

他说：我千辛万苦到金山寺来，希望禅师体谅，能够下山伏魔。

我说我一心修行，远近都没有名气，他怎会想到请我出山呢？

他说：请姑苏的法师，怕被白素知道了，请禅天寺的法师呢，又要五百两银子。

我说：可我还是没听出她哪儿害了你。

他说：那时就晚了！

我说：如果你真的怕，不如跟我修禅，心心入空，念念归静，佛从心出，就能摒除一切恐惧。

他说：禅师不愿意的话，五百两银子我也凑得出来，告辞！

我赶紧按住他，说：夫妻的恩情也不能让你接受她吗？

许仙哑然。

我说：你因为害怕，所以一时冲动，为什么不想想你们初识的日子？

许仙沉默很久，挠挠额头，又挠挠耳朵。

我说：跟我讲讲吧，讲完了，也许你的执念会变成想念呢？

那年暮春，许仙和姐姐到净慈寺礼佛，刚要离开了，忽然下起大雨。这时看见一个穿白衣的姑娘立在屋檐下避雨，眉头紧锁。许仙以为她着急回家，于是上前搭话，把雨伞借给姑娘，并相约第二天去姑娘住的客栈取伞。

第二天天还没亮，许仙就急匆匆出门了，害怕错过。不料到了客栈没见着那姑娘，从此便挂念在心。

以后每逢佳节，许仙就往净慈寺跑，但都落空。

隔了一年，许仙从净慈寺出来，想去断桥走走，居然又看见那个姑娘。那时，她和一个青衣姑娘正要搭船游湖，船夫看见许仙愣在那儿，于是赶他走，说客满了。不料忽然下起雨，白衣姑娘看他还傻站着，有些恻隐，于是招呼他上船。

烟雨西湖，清凉宜人，大家都静看风景忘了说话。白衣姑娘无意看了一眼许仙，发现这人直勾勾盯着她。船晃了一下，许仙赶紧别过脸。过了一会儿，许仙说：我们好像见过呢。

白衣姑娘和青衣姑娘互相看看，有些茫然。

许仙说：在净慈寺，那时下雨，我借给姑娘一把伞……

青衣姑娘说：哦，你是来要伞的！

许仙猛摇双手，说：怎会，伞早取回去了……

青衣姑娘坏笑一声，说：那你是来要人咯？

许仙突然涨红了脸，一阵猛咳。

不知不觉雨停了，许仙立刻起身告辞，青衣姑娘说：你去哪儿，这是在水上，你以为是坐马车呢！许仙听了更加窘迫，耷拉着脑袋。

眼看船朝着渡口一点点划过去，许仙心里着急，害怕分别后再难相遇，于是抖着腿说：我……我叫许仙！

青衣姑娘说：谁问你了？

许仙说：敢问二位怎么称呼？

青衣姑娘说：谁让你问了？

许仙脑瓜壳里一片嗡嗡声，不知怎么接话了，这时白衣姑娘微微一笑，说：我叫白素。

许仙立刻拱手施礼，两人相视而笑，突然之间好像相识了数百年。

船突然抖了一下，望眼船舱外，已经靠岸了。青衣姑娘上了岸，一回头，发现两人还傻坐在船里。她喊了一声，白素回过神，赶忙起身。不料船歪了一下，白素跟许仙的额头碰在一起……

许仙搀着白素下了船，刚要走，被艄公喊回来，说：船钱呢？

许仙立刻往怀里掏银子，掏了半天没找着一文钱。白素走上前，亲自付清船钱。许仙说：两位好心载我一程，这点银子应该我出的！

青衣姑娘摊开手说：银子呢，在哪儿？

许仙擦把汗，说：这样吧，我回去取银子，明天送到府上。

身后，艄公嘿嘿一笑，说：小哥你真是别有用心哪！

许仙怒道：老伯你别瞎说，我怎会别有用心呢，就算是，又能对谁别有用心，是白素姑娘，还是那个穿青衣的？

白素说：一桩小事，就不必放在心上了。

许仙说：那不如这样吧，我对西湖还算熟悉，明天一早在这儿迎接两位，我做东，大家一道游湖。

白素刚要推辞，青衣姑娘却一口答应下来。许仙目送她们走远，等回过神，天已经黑了……

第二天，白素和青衣姑娘果然如约而至。许仙远远看见她们出了巷子口，猛一招手，自己差点跌进湖里。

将两人迎上船，许仙比昨日已经冷静很多，先向青衣姑娘道歉，说还没有请教她的芳名。青衣姑娘说：我叫小青。

许仙说：青姑娘有侠客风骨，怎么会叫小青呢，应该叫青爷啦，哈哈！

小青突然变脸，说：这不是你叫的！

许仙吓了一跳，白素马上轻抚小青的肩，说：小青妹妹是小家碧玉，不能随便叫的嘛！

许仙再三道歉，小青咧嘴笑笑。

船上了西湖，许仙摆开菜肴，丰盛异常。

小青说：怎么好意思让你破费呀？

许仙说：昨天让二位代付船钱，我才惭愧呢！

小青说：没啊，不是你付的吗？

说着，亮出一个钱袋，许仙一看，上边还绣了个“许”字。

他看看白素，两人会心一笑。

此一刻，花开得正好，酒也香浓，西湖微波荡漾，荡着荡着，许仙的心就醉了……

听到这儿，我咳嗽一阵，说：停了，受不了了，我现在就跟你下山降妖！

许仙忽然跪下，说：禅师，我去了可是自寻死路呀！

我说：那好，你就留在金山寺，等我斩杀蛇妖。

许仙点点头。

我说：我会一禅杖压住她尾巴，然后一刀穿过七寸，剥皮抽筋切成片！

许仙“嗯嗯”一声。

我说：还要把蛇头悬在金山寺宝塔上示众，完了用火烧化，拿骨灰种菜！

许仙说：有劳了啊。

我说：我是真的真的不会手下留情的！

许仙说：我家在姑苏城锦桥巷，禅师只要问保命堂就知道了。

我：……

回禅房收捡了降魔杵和念珠，披上袈裟，经过寺里那丛昙花，心里不舍，也不知什么时候才会回来，于是打一桶水细心浇灌。

刚弯腰，许仙一把夺过瓢，说：禅师你快启程吧，我帮你浇。

出了寺门，我走得很慢，想到时隔多年要再见到白素，不觉走得更慢了。走到黄昏，听见脚步声，是许仙追来了！我大喜，说：许施主回心转意了吗？

他说：天都快黑了，禅师你怎么还在门口呢！

我说：也是，这么晚了也该睡了，明天再走吧。

许仙挡在门口，说：法海禅师一再推脱，难道……

说话间，他身体往后蹦了一下，扭头就跑。小青脸上身上都是泥，怀里抱着刚采的竹笋过来了，她说：许仙那小子跟你说什么？

我摇头说：没什么，没什么。

她说：我采了好新鲜的竹笋，你等一会儿，我煮给你吃呀。

我伸手去接竹笋，她马上退一步，说：别把袈裟弄脏了。

我说：好心一片，又怎会脏呢？说着，我把竹笋拿过来，用袈裟兜了。

穿过月下檐廊，小青走一步跳一步，越走越轻快。

我说：能等等我吗？

她转过身说：行呀，你快点。

我说：有件事非做不可，等回来了，我会交出住持衣钵，从此云游四海。

她说：知道，会等。

我说：不问等多久吗？

她说：不问。

第十八章　水漫金山

晓行夜宿，直奔姑苏。

到了城门外，连着好几天在茶坊磨磨蹭蹭。一天清早，听到有人敲木鱼，一转身，看见两个小和尚领路，后边跟个老和尚，身上披着袈裟，手执一条达摩杖。

路上过去一群羊，膻气弥漫，师徒三人走进茶坊避让。不多时，又赶来三五个僧人，手里提着月牙铲，风风火火进城。再一会儿，一群棍僧列成两队，也往城里走。

看了半天，我问老师父，城里有佛法大会吗？老师父说：没有。

我说：那他们进城是做什么呢？

老师父说：小和尚，老衲说了你可别怕。

我说：不怕，你说。

老师父说：姑苏城里藏了一条千年白蛇妖，他们跟老衲一样，受人所托，是来降妖的。

等羊群走远，老师父合掌告辞，我叫住他，说：巧了，我也是来降伏白蛇的。

老师父上上下下看看我，说：小和尚，你行不行？

我说：呵呵，刚才忘了告诉你，我是金山寺住持法海禅师！

老师父说：唔，金山寺是吧，记住了，会帮你把遗体送回去。

他提起达摩杖往城门走，我一大步跳到他跟前，说：你要降伏白蛇，先打过我再说。

老师父说：你恐怕误会了，老衲降妖是分文不取的，不会抢你的赏钱。

我说：你也误会了，如果连我都打不过，你去了不是送死吗？

老师父说：是这样啊。

说着，他冷不丁甩出达摩杖，我急往后退，不料被他勾住脖子往前一拉，扑在桌上。我一拍桌子挺起身，他又勾住我的小腿，轻轻拽了一把，我差点跌倒。刚站稳，我捻指结印，一掌拍在他胸口，他身上的袈裟眨眼便破碎一地。

老师父愣了半天，木然一笑，朝我合掌一拜，转过身走了。

他一走，我立刻飞奔入城，路上行人拥堵，于是手结法印往水上扔出经卷，霎时，经卷蔓延数里，在水上铺开一条大道。我跳上经卷往锦桥巷飞奔，猛地跳上岸，正好拦在两伙僧人前头。

我顺手拖一根撑船的竹竿横在路中央，众僧停住脚步，说：你是谁？干吗挡我们的路？

我说：这路是死路，你们请回吧。

一个僧人说：人来人往的，怎会是死路？

我说：等你们死在路上就是死路了嘛。

他说：你别讲大话，快让开，我们赶着去捉妖！

我说：我也是来捉妖的。

他说：哦，原来是一路人，那就一路去吧。

我说：我一个人去已经足够。

众人哈哈大笑，旋即拎着月牙铲大步走过来。我不疾不徐结辟除印，他们手中的月牙铲突然幻化成蛇，众人赶紧扔了，等蛇落了地，仔细一看依然是月牙铲。

一个僧人说：你确实有点法力，但万一你斗不过白蛇，放走了妖魔，我们不好跟许施主交代哪……

另一个僧人说：我们可以不出手，但也不能就这样走，要是你不行了，我们还得出手！

我看再这么僵持下去，许仙又该请人来了，话不多说，立刻动身去保命堂。

边走边打听，过了一个拐角，老远看见两扇红漆木门，旁边悬一块木牌，上书“保命堂”三个字。这个时候都已经快正午了，药铺却紧锁大门。我敲了下门，众僧马上制止，说：你还客气什么，踹开门收妖呀！

我说：大街上人来人往的，怎么能破门而入呢，还是从后院进去。

众人议论几句，决定留一半人在这儿把守，以免白蛇从前门逃了。

绕到屋后，一个僧人越过院墙，到里边把后门开了。

我说：你们再插手，就别怪我不客气了！

僧人说：不如此，怎么开门呢？

我说：那也不能翻墙越瓦啊，堂堂高僧，像什么样子！

僧人惭愧，立刻锁上门然后从院墙再爬出来。我上前推了一下门扇，锁死了，于是将手举到胸口，半握着拳头，回头跟众人说：看着看着，学着点儿！说罢，我轻击门扉，口中念道：请问府上有人吗？

众人立刻一片嘘声。

敲了半天，隔壁院子的门开了，里边走出一个大婶，她剥着葱说：别敲了，人已经走了。

我立刻长舒一口气，众僧全都瞪着我，我赶紧说：请问她们去哪儿了呢？

大婶摆摆手，说：不知道，许大夫已经走了好些天了，许夫人是今天一早走的。

我对众僧说：既然这样，大家都散了吧。

众人说：不能散，等等再说！

我看一眼大婶，低声说：一群和尚守在人家门口总不太好，喏，那不是有人看着吗……

众人想了想，说：有道理。说罢，他们拎起月牙铲包围了大婶，说：看什么看，回你家去！

大婶吓得扔了葱，跑回院子把门关了。

这样，我们在后院门前蹲守数日，然而始终不见白素人影。一天夜里来了几个路人，以为我们这是站街呢，要报官。一个僧人说：我们不是站街，只是站在街上，隔壁有人站街，你们怎么不报官？他们互相看了看，其中一个人说：因为你们丑。

众僧提起月牙铲，路人拔腿就跑。一会儿官差真的来了，我们便一哄而散。

赶回金山寺已是深夜，僧人都歇息了，山门也关了。敲了一阵门，没有人来开，刚要走去侧门，墙头突然撒下一张网，紧接着十几条少林棍劈头盖脸砸下来。

被制伏后，涌出一群僧人，手里举着火把，我抬起头看看，那人说：咦，住持？

大家赶紧扶我起来，送到禅房擦药。一路上，僧人全都持棍戒严，气氛非常紧张。

我说：原来你们都没睡呢。

法牛师兄叹息一声，说：你知道许仙在哪儿吗？

我说：他不在寺里？

法牛师兄说：找遍了也找不到哇！

我说：你们这么着急找他做什么？

法牛师兄说：不是我们找他，是白姑娘。

我：……

法牛师兄说：这几天白姑娘天天到寺里要人，已经打伤好几位长老跟师兄弟了，人现在还躺床上呢！

我说：有这种事？

法牛师兄说：可不是嘛，住持你打算怎么应付呢？

我想了想，说：这个嘛，等他们伤好了，重新去学武咯，真是的，也太不耐打了。

法牛师兄白我一眼，说：明天白姑娘还会来要人，住持你想想办法吧！

众人退出禅房，屋里登时安静下来。呆坐了一会儿，我点起一盏灯走到菜园子，把柴堆全都搜寻一遍，不见许仙。随后又到藏经阁跟佛塔转转，不知不觉天光初亮，寺里晨钟敲得很急，我立刻赶到大雄宝殿。

大殿前边，僧人手持棍棒戒刀，全都迎着山门。等了很久，风平浪静。我刚打个哈欠，山门突然震了一下，落下灰尘跟木屑。几个僧人吓得冒汗，两条腿抖啊抖的，一点点往后退。

我拍拍一个弟子的肩，说：别怕，开山门。

监寺师叔赶忙拉住他说：不能开，不能开！

我说：一扇破门，能抵挡多久呢？

这时门又震了一下，两边山墙都裂开了。我于是亲自走上前，撤掉门闩。刚一开门，猛然看见白素一掌拍过来，在离我额头只有半寸时忽然停住。

多年未见，白素还是曾经的模样，而我，却已不再年少了……

白素垂下手，目光避开我迎着寺里，冷冷地说：许仙有没有来过？

我说：无来，亦无去。

她说：让他出来。

我说：放过他行不行？

她沉默片刻，说：给你三天把人交出来。

看她要走，我立刻叫住她，我说：明天就是重阳节了，大家都登高赏秋，遍插茱萸，你……

她打断说：形同陌路的人，还讲这些做什么……

我继续道：所以没空找许仙嘛，你不如多给我几天吧。

白素瞪我一眼，转身就走。

监寺师叔立刻把门关上，吩咐弟子用木棍死死顶住。师叔对我说：三天哪，三天你能交人吗？

我不发一言，独自回了禅房。刚坐下，听见门吱呀一声开了，法牛师兄侧过身走进屋子，顺手把门合上。他说：你究竟知不知道许仙在哪儿？

我说：本来不知道，刚才开山门的时候，忽然知道了。

法牛师兄说：那你还不让白姑娘把人带走！

我说：如果白素杀了许仙，世人就真的当她是妖了。

法牛师兄说：白姑娘为何要杀许仙呢？

我说：这小子忘恩负义，听风就是雨，还请人捉拿共患难的发妻，如此可恨之人，难道不该死？

法牛师兄说：要我看，是你想他死，所以才觉得白姑娘是来杀他的吧……

我哑口无言，冒了一头汗。

法牛师兄说：不过好在你看见许仙了，交了人就没事，那么，他现在人在哪儿？

我说：今天站在大殿前边的人当中，谁看见白素反应最剧烈呢？

法牛师兄说：你啊，一会儿笑，一会儿愁，脸都扭成一团了。

我摆摆手，说：是谁一见白素就吓得跌倒呢？

法牛师兄低头说：嘿嘿，这都被你看见了……

我一愣，说：没说你，还有一个人也跌倒了。

法牛师兄恍然大悟，说：原来许仙假扮成僧人，难怪找有头发的根本找不到他！

当下，我跟法牛师兄不动声色在寺里游走，一间间屋子挨着找，然而走遍了寺里，发现许仙忽然不见了……

三日期限转眼就到，天刚亮白素便乘一叶扁舟，等候在湖上。我独自出了山门，划一条船迎上去。到了跟前，看见一柄剑立在她身边。

白素说：你不必担心，这把剑未必用得上。

我说：怎能不担心，你这么把剑插在船里……船都漏水了吧？

白素说：三天过了，许仙人呢？

我说：许施主已经走了。

白素说：为什么走？

我欲言又止，默默看着她。

白素说：我的身世来历许仙早已知道，要走何必等现在？

我哑然。

白素苦笑一声，说：是因为有了新人，所以忘了故人吗……

我说：不是的，你不要这么想！

白素浮起一丝笑意。

我继续道：没有新人，也会忘记故人啊。

她白我一眼，说：你一个和尚也懂得世俗人的事吗？

我说：我修行，不论是佛陀的大爱，还是人间的小爱，都懂一点。

她说：少废话，期限到了，交人！

我说：你要找许仙，山门开着，没人拦你。

白素抽出剑往水面轻划一下，扁舟便徐徐游向岸边。我摇着桨紧紧跟上，快到山门了，忽然看见一个光头探出门外朝我们看了一眼，是许仙！他一见白素，猛地关上山门。白素抽出剑，山门霎时倒塌，寺里僧人赶紧退让到两边。

白素往寺里迈了一步，忽然停住，说：法海，你跟许仙说了什么，他为什么出家？

我咽一下口水，说：许施主没有出家，他只是掉头发掉得厉害……

白素挥剑就劈，我急忙往后退，剑尖划过佛珠，珠子散落了一地。十二降魔僧立刻提棍上前，我抬抬手，让他们止步。

白素提着剑，伫立很久，突然把剑扔出，金山寺的匾额登时四分五裂。她说：你们那么喜欢做和尚，好，我荡平金山寺，看你们做什么！说着，她往湖岸跌跌撞撞走过去，到了水边，她化身白蛇一头扎进水里。

等了一会儿，没有什么动静，我便转身回寺。刚进门，跑来几个师弟，要我立刻去佛塔。登上塔顶，看见湖里一条白色巨蛇绕着金山寺游动。游着游着，她突然撞向沙洲，登时天摇地动！

众人骇然，说：住持怎么办？

我说：赶紧叫她别撞了，会破相的嘛！

刚要下塔，塔身忽然倾斜了，几个师弟险些从窗户飞出去。又往下走了一层，整个塔瞬时崩塌。我从废墟里爬出来，一小块木头洞穿了胳膊。顾不得疼痛，马上从废墟里救人。忽然听到涛声震天价响，四下看看，湖里一阵巨浪铺天盖地冲向金山寺！

我招呼大家往高处跑，但水势来得太猛，一个浪头打过来，我在水里一阵翻滚，被冲到一块平地。站起来看看，发现脚下全是瓦，整个大雄宝殿都已经淹没在水中。

身边突然激起一片水花，一条蛇尾甩过来，我避让不及，跌落到水里。这时白蛇翻腾更加猛烈，水里卷过瓦片碎石，落水的僧人被打得头破血流，水面一片殷红。

我抓住一块浮木，手结降魔印，不料突然压过来一个黑影，是一条客船歪歪斜斜朝我倒下来了。我奋力往后游，船倒得太快，桅杆砸到后背，身体被死死压住，随着船往下沉……

气息渐渐不够了，眼前也越来越暗，忽然感觉到一股暗流蹿过，以为是白蛇，不料听到有人说话，还拽了我一把。坐到石阶上咳嗽了一阵，四下里看看，水退了。

法牛师兄扶我站起来，一群僧人立在一旁，向北遥望。我沿着他们的目光看过去，湖岸决堤，城里白浪翻滚……

……

第十九章　心灭

夜里下了一场雨，醒了，再也睡不着。

一年转眼就过，这一年里，发生很多事。金山寺又重新建起，过去的一片空地，如今墓塔成林。

每个月初，监寺师叔都来塔林坐禅，一整天不吃不喝。

有一天，师叔坐着坐着忽然哭了。

我路过时看见他，于是上前说：出家人出离生死，师叔又何必伤心呢？

师叔说：放下自己的生死，是出家，关心别人的生死，是慈悲，假如佛陀有知，我多愿意那时死的是我！

我看师叔肝肠寸断，赶紧握着他的手安慰道：我也愿意啊！

师叔愣了一下，突然不哭了，他说：等一等，你是愿意我死，还是你自己死？

我立刻起身说：师叔，我叫人给你送杯茶来。

说完，转身就跑。

金山寺外，崭新的民宅渐渐落成，但是到了夜里一看，灯火稀疏，很多屋子还是空的。

水漫金山之后，洪水过了一个多月才完全退去。金山寺每天放一次粥救济灾民，其余时候，我和法牛带领武僧四处寻找生还的人。路上遇见罹难者，来不及收敛遗体，只能匆匆合掌，无声悼念。

到了夜里，大家累得走不动了，便盘腿而坐，敲着木鱼念往生咒。木鱼一响，回音不绝，城池空了，心也空了。

这样过了十来天，城里忽然来了一群人，个个眼里充斥血丝，咬牙切齿。

一个老伯说：谁是金山寺住持？

我合掌，朝他们鞠一躬。

老伯说：有人看见那天撞毁湖堤的白蛇妖了！

我沉默片刻，说：在哪儿？

老伯回头看看，一个小姑娘走上来说：在附近一个山洞里，昨天采野菜的时候看见一摊血迹，走到洞口，发现一个半人半蛇的东西盘卧在里边……

老伯说：蛇妖好像受伤不轻，住持大师要降妖的话，得趁早了！

我说：请把山洞的位置说详细一点。

小姑娘转个身，指着一座山说：翻过那个山头，沿着山涧一直往北走，穿过一片松树林就是了。

我点点头，吩咐师兄弟们留在城里，旋即回到金山寺，取了降魔杵跟禅杖，一路北行。走到山脚，一棵老树下立着一个人，她说：你真的要对付白姐姐吗？

我低头赶路，不回答。

小青站到我跟前，抬手挡住去路，说：姐姐水漫金山，只是想逼许仙出来，谁也没想到最后会变成这样。

我绕开小青走进草丛，她又上前拦住。

她说：这当然也不能怪你，你不肯交出许仙，是怕姐姐见了他会失望嘛！

我说：你什么都知道，但你什么都不说。

她欲言又止，把头低下。

我一把推开她，不料她顺势跪下，抓着我的袈裟说：法海，你真的不能发发慈悲吗？

我说：能啊，我会一刀给她个痛快的。

她说：你不念旧情，说翻脸就翻脸，你跟许仙又有什么两样！

我：……

她笑了笑，说：不如这样吧，你在这儿静静坐上三天，三天以后如果你还这么决绝，我也不拦你了。

我想了想，说：好。

她按着我的肩膀让我坐下，说：这就对了嘛，你先坐着，我给你摘点水果，打点泉水。

我一把抓住她，说：你也别走。

她说：呵呵，你以为我会通风报信吗？

我仍然不松手，单手立掌，默默念诵坛经。小青把手往后拽，说一个和尚跟一个姑娘手拉手，被人看见多不好。

我说：是啊，看见的人要是没有老婆，肯定气死了。

小青说：你要是不信我，我们就用绳子把手绑一块儿，我那边拽一下，你就知道我在哪儿了。

我叹口气把手松开了，说：你走吧，告诉白蛇，日落之前任凭她逃。

小青听了不再挣扎，往我身边一坐，抬起手说：好啦，你喜欢就拉着吧！

我不理她，结禅定印专心打坐。

第二天清早，山里起大雾，寒气逼人。小青倚着树干，一阵一阵哆嗦。我解下袈裟给她披上，等到浓雾渐渐消散，日出东方，小青忽然睁开眼看着我。她说：一天过去了，你改变主意了吗？

我说：你听，有人敲木鱼了，是在超度枉死的人。

小青瘪瘪嘴。

阳光从树林一点点挪过来，照在身上异常温暖。小青伸个懒腰，旋即盘腿而坐，双手托着下巴，说：哎，和尚，还记不记得当初为了救白素，你从山门走到大雄宝殿，三步一磕头，脑门都破了？

我说：忘了。

她说：后来去了姑苏城，白素每天给我们做衣裳、做饭，这时候你就修墙铺瓦，挑水劈柴，我呢，躺在树上钓着鱼，吹着风，想想真是好惬意的日子……哎，你说，如果我们现在回去姑苏城，那宅子还在吗？

我拨着念珠，静看山花绽放。看着看着，小青走到山花中间，迎着暖阳深深吸一口气。

她说：你脑袋又歪了，又落枕了吗，我帮你捏捏吧。

她绕到我身后，手放在我的肩上忽然停住，她说：还记得那天临走前说的话吗？

我说：告辞？

她说：我等到你回来了，你呢？

……

入夜以后天凉了，整个晚上不停下雨。听到雨打落叶，水漫金山的情形便历历在目。熬到天亮，四下都不见小青。过完这一天，我继续北行，路上看见一柄剑孤零零立着。我一步也未停留，绕过这柄剑，直奔松树林。

路走得越久，我其实越想回去了，这三天冥思苦想，想通了很多事，也忘了很多事，比如，那小姑娘说那个山洞在哪里来着？

回到城里重新问了路，很快抵达洞前，几块青石上还残留一点血迹。我立在洞外，隐隐约约看见一个人匍匐在地上。

犹豫很久，我走进洞里，看见白素遍体鳞伤，气息已经很微弱。我取出降魔杵，铆足力气往下一刺……劈开了一颗核桃……

我以为凭自己的修为，已能像枯木一样无情，但一见了她，仍然会心软。

我剥出核桃仁，说：吃一点吧。

白素别过脸，忽然落泪，呢呢喃喃说着什么。我凑近一点听，她有气无力地说：许仙……

我站起身，怒道：你挂念许仙，难道就不挂念那些因你而枉死的游魂吗？

白素痴痴地望着洞外，一言不发。

我捻指结印，可是又突然垂下双手，我说：一年，我给你一年去找许仙。

出了山洞，看见小青坐在树上，她扔给我一只梨，说：很甜呢。

我说：你怎么知道？

她说：我帮你尝过了。

我低头看梨子，果然被她咬了一口……

后来小青告诉我，如果那时我没有对白素恻隐，她扔给我的就该是刀了。我不解，扔刀给我干什么呢，削梨吗？

回到金山寺，城里男女老幼都等在山门外，一见我，他们一拥而上，把我浑身摸了一遍。没有找到白蛇，众人有些慌张。我告诉他们，虽然没有捉来白蛇，但她修为尽失，已不能伤人。

众人立刻揪着我的袈裟说：那些惨死的人就这样算了吗？

这时，一只手擦着我的肩拍出去，朝众人脸上一顿狂扇。小青从我身后站出来，慢慢悠悠朝寺里走，地上的人赶紧往两边滚。

我刚走两步，一个人抓住我的腿说：祸事因金山寺而起，禅师真的可以不理不睬吗！

我说：眼下赈灾最要紧，一年后，我会亲自捉拿白蛇，用佛塔镇压。

那人看看小青，咽一下口水，说：好，大家可都听见了，希望禅师届时不要食言。

等人都散了，小青拍拍我的肩说：记得我立在路上的那把剑吗？

我拍一下额头，说：你看我都忘了，回去找找，说不定还在。

小青说：如果你真的不念旧情，要捉白姐姐，我会用那把剑杀了你跟寺里这班和尚，然后再杀许仙！

我说：要我看啊，都过了那么久了，那把剑肯定被人家顺手拿了，还是不要找了……

小青咧着嘴笑笑，说：你不用那么怕的，只要你不伤害白姐姐，我们万事好商量。

在寺里休息半日，我换上一身轻便的衣裳，到城里帮忙清理废墟。洪水刚退去不久，房舍发霉，气味很浓重。

我每天推一辆木推车，把淤泥跟碎木头运到城外。清理木头的时候，手掌里扎满了木刺，有时来不及挑出，就忍着疼置之不理，时间长了，随着伤口愈合，木刺自己就出来了。

白天干完清理的活计，我又连夜赶到附近没有受灾的城，给人家做做法事，募化一点银两，买来干粮或者衣裳分发给灾民。

小青对我说：这种事官府自然会做，当和尚的念几句经超度一下不就得了？我告诉她，这件事因我而起，能够补救一点也好。

小青冷哼一声，扭头走了。

过了一会儿，我正推着木车出城，忽然听到车轮滚动，小青她肩上缠着绳索，笨手笨脚地拉着好几辆木车。她走到我身边说：不会让你一个人扛的！

我叹息一声，鼻子有点酸。

她说：哈哈，你怎么了？

我说：这是我今天一早从城外运进来的木料，你怎么又给拖出来了……

小青吐一下舌头，立刻掉头。

过了两个月，废墟已经清理得差不多，很多人家请来工匠建造房舍，我和小青渐渐帮不上什么忙了。有一天，小青递给我一碗茶，无意碰到她的手，猛然发现这双手变粗糙了，遍布细细密密的伤口。我看了心疼，她说不要紧，休息一阵子就会复原了。

夜里回金山寺，我们走在月下，影子拖得很长，像两根竹竿。

我问小青：还走得动吗？

她说：能。

我说：要走很远呢。

她说：禅房就在前边了。

我说：云游四海，你说远不远？

她说：这么远，你背我啊！

我说：行呀，青爷。

出了山门，我越走越觉轻快，小青枕着我的肩，竟然睡着了……

第二十章　凤冠

游荡半月，到了陌生的地界，我正要去问路，小青忽然阻止。她觉得我们既然是云游，走到哪儿算哪儿，何必多问呢。

我想也是，这样总比承认自己迷路要好。

因为不着急赶路，我们总是走走停停，停停走走。天热了，躺在溪水边、树荫下，打个盹儿就是半天。下雨了，两人冒着雨狂奔，任凭雨水打湿。

某天，我们经过一个市集，居然看见一头骆驼会说话，它扇了我一巴掌，问我是不是中暑了。

走进一条阴凉的巷子，我发现中暑的情况更厉害了，那头骆驼直接变成了小青！

这时，一群人钻进巷子，围观一个老伯。老伯在地上铺了张草席，席上摆着三五个雪青色的果子，大小跟拳头差不多，外表很光滑。边上很多人蹲在那儿围观，我跟小青看了一会儿，没觉得哪里奇特。

我拍拍一位小哥的肩膀，问他大家在看什么，小哥说，这些果子很怪异的。我说怪异在哪儿了，小哥说：买一个你就知道了。小青拉我一把，说：走吧，江湖骗子而已。

对面来了一个大汉，从怀里掏出一袋银子扔到草席上，老伯清点了银两，交给他一个果子。

大汉说：我怎么知道是真是假？

老伯拿起一把匕首，小心翼翼将果子切作两半，中间果核一露出来，看热闹的人立刻惊叹声一片。那果核居然长得像一张人脸，女人的脸！一会儿，果核发出清脆的笑声，然而没有多久，笑声突然变哭声，越听越觉悲凉。

大汉心满意足地笑笑，把果子盛在木盒里，扬长而去。

老伯看见我，微微一笑，说：禅师来一个尝尝吗，能助你修行呢！

我摆摆手，跟小青继续闲逛。

过了个把时辰，市集里的人都开始收捡东西，要回去了。我看时候尚早，不明白这是什么风俗。站了一会儿，刚才卖果子的老伯从我们身边经过，他说这地方入夜以后就不能上街了，得赶快找个客栈住下才行。

我看看小青，两人无动于衷。

老伯说：你们是外地来的可能不知道，这里一到晚上就有人失踪，而且全是青壮男子，老汉我可不是吓唬你们的！

我说我们绝对相信，这不是身无分文嘛……

老伯想了想，说：老汉我一个人住在城隍庙，你们要是不介意，就来暂住一晚，等天亮了，赶紧离开。

跟着老伯走了半里地，远远看见一座破旧的城隍庙，屋顶都长草了。进了庙里，老伯告诉我们往地上铺点干草就能睡了。说完，他怀里揣着银子走了，等回来的时候，用衣裳兜着很多雪青色的果子。

老伯说：以前有人来庙里祭祀，老汉我每天都拿供品吃，后来没人了，就自己种菜，菜也吃完了，现在只有这果子能吃，二位将就一下吧。

我合掌说：老施主太客气了！

我颤颤巍巍地吃了一个，果子味道很淡，而且并没有像白天那样又笑又哭。一盘果子很快吃完，老伯离开了一会儿，又端来一盘。

我说：全让我们吃了不好吧……

老伯说：吃吧，后边还有两麻袋。

我诧异：那施主你富可敌国了！

老伯叹息一声，说：什么富不富的，这不是还住破庙里吗？

我不解。

他拿起一个果子晃了晃，说：我也不跟小师父你打诳语了，老汉我曾经学过腹语。

我说：怎么？学得好，师父就赏一个果子？

老伯揉揉太阳穴，说：这位小师父真是耿直哪……

我说：为什么这果子长相那么奇特？

老伯摆摆手说：老汉我也不知道，如果你们想去看看结这果子的树，等明天一早，你们出了城隍庙往南山坡走，没一会儿就看见了。这棵树一年四季都结果，不论摘多少，隔一夜就全都长出来了。

第二天，我们辞别老伯去南山坡，走着走着，猛然被拽了一把，眼前忽然伸手不见五指。我四下摸摸，觉得自己恐怕是掉沟里了。试着动一下，身体被卡住了。我呼喊小青，听到脚步声越靠越近。

她说：谁？

我说：少来，快拉我一把。

她说：你怎么跑树里去了？

我诧异：啥？

脚步声绕着我转了一圈，她说：你往后靠，我把树劈开。

我说：你小心别把我也劈开了！

小青没答话，一会儿，跟前突然裂开一条缝，小青用手撑开树皮，我赶紧侧身钻出来。回头看看，一树白花，花间挨挨挤挤结着雪青色的果子。小青把我扶起来，拍掉我身上的草叶。望着树上的裂缝，隐隐约约看见里边有人！

我跟小青合力掰开缝隙，猛然看见里边蜷缩着一个姑娘，脸上有一圈一圈的木纹，发丝间遍布青苔。

看了半天，还是看不出什么，我们于是回城隍庙把老伯带来。来到树下，老伯神色骇然，我立刻扶着他。他浑身哆哆嗦嗦，指着那棵树说：你们把树砍成这样，老汉我还怎么挣钱啊！

我说：老施主你往树洞里看一眼。

老伯说：什么，你们还挖洞了！

我掰开树皮，老伯看了看，吓得往后一仰，我和小青马上扶住。

等老伯缓过来了，他告诉我们，树里那个姑娘，是镇上一户人家的小女儿。十年前，她的丈夫出远门，约定好腊月回来，不料直到来年开春都不见踪影。姑娘每天站在南山坡这棵树下等，等了三年，病逝了。临终前她吩咐家人把她安葬在树下，她要继续等待自己的丈夫。说起来，也就是在那一年，树上开始长出雪青色的果子。把果子掰开，果核像一张人脸。如今看来，这些果子都是为了向没有归来的人传达思念……

听老伯讲完，小青望着那个好像在沉睡的女子，神色凄然。

老伯也看了一会儿，然后说：你们觉得，老汉我要是这样讲，能把这棵树卖到多少银子？

我汗然，说：老伯，这种事怎么能瞎编呢！

老伯怒道：哪里是瞎编，这是经过深思熟虑，然后才编出来的嘛。

小青抓着我的胳膊说：走了。

经过树下，裂缝里忽然伸出一只树根似的手来拽我，我反手将它一拧，捻指结火院印，掌心迸出的火花落到树干上，火苗猛往上蹿。老伯见了，张着嘴瘫坐地上。这时小青挥动衣袖，卷起的风将火扑灭。她说：和尚，修行不易，你既然爱苍生，就放它条生路吧。

我犹豫片刻，猛然捉出树心里那个女子，朝头顶一掌拍下，登时散成一堆木屑。

小青有些惊讶，说：你……

我脸一热，赶紧解释说：千万不要误会，我可不是在劈柴哦！

离开镇上，刚走半里地，隐约听到鞭炮声、唢呐声、锣鼓声。

走上山坡，看见一顶花轿，前边迎亲队开道，后边跟着乐师和媒婆。山里的风卷起布帘，新娘子凤冠霞帔，头顶大红方巾，颔首静坐。花轿经过跟前，我和小青退到路边让行。等花轿走远了，我看一眼小青，她脸上微微泛着红晕。

她说：新娘子真美，好羡慕呢……

我看看花轿，说：是啊，我也好想坐轿子，腿都走疼了。

小青傻傻站了很久，突然咧嘴一笑，说：不如，你把我娶了吧！

我也笑笑，双手合十。

再启程，孤烟渔村路过，芳草长堤路过，茫茫大漠路过，不知不觉已经走得很远。

小青意犹未尽，而我已在默默盘算归期。

想了整整一夜，等到天空微蓝，我轻声呼唤小青，她还睡得很沉。看了一会儿，她快醒了，我立刻起身离开。

我以为时间久了，很多人很多事都会往下沉，后来才发现，人是不会的，通常都是沉了一下就漂到水面上来了……

走没几步，忍不住回头，看见小青孤零零一个人躺在那儿，总觉得一走了之是不妥的。得找根棍子把她打晕了再走，这样她就不会跟来了嘛！

四下绕了几圈，散落着一堆树干，不是胳膊那么粗就是大腿那么粗，都不好用，太细。不小心踩断了枯枝，小青忽然惊醒，她伸个懒腰说：早呀。

我登时吞吞吐吐，话也不会说了。

小青皱皱眉，说：你今早有点奇怪呢！

我看看手里抱着的腰那么粗一根木头，说：哦，我只是想削根牙签出来。

小青“嗯”一声，去池塘边洗漱。

她歪着头，垂下长发，捧一点水沾湿。洗着洗着，她冷不丁看了我一眼，我迅速别过脸看地上。

过了晌午，经过山间一条古道，石壁上凿了很多佛像，地下的香灰都结块了，硬邦邦的，看起来已经荒芜很久。这些佛像，大小、形态都不同。大的和人差不多，小的只有巴掌那么点儿。或坐禅，或站立，或侧躺，神态怡然。

弥勒佛旁边，一尊石像大概年代久远倒了，地上散落着一堆石块，已看不出原来的面貌。石洞里只残留着莲花台，小青一跃跳上去，盘腿而坐。她掐着指头，说：像菩萨吗？

我说：法印不对，你看我的。

说着，我结十方界印，念诵真言，小青身上忽然浮出石块，渐渐黏合，顷刻间她便化作石像。

我双手合十说：我该回金山寺了，要不了多久，界印会自行消除。

石像微微摇动，我上前扶着她，伫立了很久，毅然转身。

渡过湖面，师兄弟们都来迎接，一见我他们就诉苦，说近来城中百姓频频造访，要寺里僧人斩杀白蛇，僧人请他们耐心等候住持，结果众人拆了一间佛堂，还将几个弟子打伤。

听了他们的诉说之后，我“嗯”一声，回禅房闭门参禅。诸位长老都来门前问话，我一概不理。法牛师兄来了，我告诉他，一年之期还未到，何必着急呢？

转眼入秋，最后还是没有等到白素。

听到外边一阵骚动，我披上袈裟出了门，僧人和百姓忽然安静下来。我穿过众人往寺外走，法牛跟上来，说：你去哪儿？

我回头看看，师兄弟们惊魂未定，一众百姓咬牙切齿，我笑了笑，提起禅杖大步迈出山门。

第二十一章　雷峰塔

一出山门，都是白蛇传说。全城戒严，人心惶惶。

路上，众多猎户手提长刀，背负弓弩，在城里游走。僧人、道人手执法器往来穿梭。家家户户门上贴白色挽联，风一起，漫天黄纸。

南城门外成千上万条蛇被扔到空地纵火焚烧，湖上渔民也不打渔了，拉一张大鱼网，举着鱼叉，搜寻白蛇踪迹。

后来，有人在树林见到一个白衣女子，女子问那人有没有见过“许仙”，他一听，知道是白蛇妖，赶紧逃脱找人帮忙。大家赶到树林，放了一把火，有人看见浓烈的烟雾里一条白蛇若隐若现，猎户立刻赶来，朝着半空一阵箭雨。

等到山火扑灭，浓烟也散了，找遍树林，都未见到白蛇尸骸。

一天，听说有人在山间一个洞穴找到白蛇，我赶到那儿一看，二十几个大汉拽着白色巨蛇往洞外拖拽。陆续赶来的人，往蛇尾上绑条绳子，然后拼命拉。我看他们再这么扯下去，肯定断了，赶紧喝止，说：绳子太细了，换条粗的啊！

众人一面拉扯，一面拿锄头刨洞口，过了一个时辰，大家突然往后一倒，白蛇被拽了出来！蛇头离了洞穴，转身就咬人。我提起禅杖压住蛇头，双手一使劲，巨蛇立刻昏厥。

我收回禅杖，单手立掌，说：世上从此再无白蛇妖，大家都散了吧。

不料突然跑来一个小子，说有人看见白蛇妖了。我笑说：是啊，我们都看见了。那小子看看地上，说：咦，好长的树根。

我低头看了看，果然是一条弯弯曲曲的老树根……

赶到城北，街上空荡荡的，很多店铺开着门，但不见人影。穿过一条街，忽然看见前边有个人，撑一把油纸伞慢慢走着。我跟上去，和她并肩而行。

我说：世间多苦，生死苦，怨憎苦，爱别离苦，不舍，不离，就不能断苦，你为了许仙如今就像变了一个人，这又是何苦？

她侧过脸看着我，皱眉说：你谁啊，干吗跟我说话，我又不认识你！

我说：白素？

她说：白痴。

我汗然，说：抱歉，抱歉，认错人了……

转过身走了几步，觉得有人在盯视我，抬起头，看见阁楼上立着一个人。两座宅子中间冒出一张脸，看到阁楼上的人是白素，他拔腿就跑。

我说：跟我回金山寺。

白素望着远方山野，一言不发。

我说：等那些猎户跟术士来了，你就走不了了。

她说：你忘了水漫金山吗，那时我几乎杀死你。

我摆摆手，说：我这不是活得好好的，你何必耿耿于怀呢？

她说：你不死，我怎能不耿耿于怀。

我苦笑一声，说：我真有点羡慕许仙了……

她说：讲情，你不配。

我说：羡慕他可以躲你那么远！

她白我一眼，说：找不到许仙，我哪儿也不去。

我说：你这话怎么说的，哪也不去的话，你还怎么找许仙？

白素突然举起杯盏，酒泼洒下来，化作冰锥紧挨着我落到地上。她说：你快走，下一次，不会手下留情了。

我拨着念珠，一动不动。白素果然不留情，挥手一洒，冰锥划过我的胳臂，割开几道口子。

她说：你那么想死吗？

我说：不想。

她说：为什么不走！

我说：我也想啊，冰锥把我鞋钉住了，我等它融化呢。

白素抽出发簪幻化为剑，从阁楼里轻飘飘落下来。我提起禅杖挡住一剑，她脚尖触到地，飞身往我胸口就刺。我结护身印抵挡，她的剑尖划过，一股怪力霎时将我震到数丈外。

脚刚站稳，白素提剑又劈过来，我把禅杖往地上一顿，她的剑划过禅杖，铜环便化作藤蔓沿着剑身缠缠绕绕往上蹿。白素急往后退，把手松了。剑落到地上，又变回发簪。

对峙了片刻，白素脸上蛇鳞若隐若现，街上突然涌出一群僧人跟猎户，白素看到了，现出巨蛇妖相。我解下佛珠缠住蛇身，结净法界印，她渐渐平息，化为小白蛇盘卧地上。

众人挥刀冲上前，我一禅杖把带头的打翻在地。

我说：白蛇我会带回金山寺镇压。

众人互相看看，一个猎户说：禅师，我们也不是非杀她不可，但你想啊，如果白蛇逃出来，我们要怎么办呢？

我拍拍他的肩，说：你别这么想不就得了。

说罢，我捧起白蛇，用袈裟盖住，急匆匆离开了。

来到金山寺佛塔前，两边僧众合掌念诵佛经，我将白蛇放入塔内，一落地，她便恢复了人形，斜坐在地上。

我欲言又止，退出塔外将门合上，塔身用刻了伏魔咒文的铁链缠绕，并嘱咐降魔僧坐镇。

穿过曲折檐廊，走着走着，胸口忽然很闷，踉跄了一下差点跌倒。有人扶了我一把，看见法牛师兄，不知为何眼眶一阵灼热。

我摸了一下，说：这是什么啊！

法牛师兄说：是苦……

回到禅房倒头就睡，这一觉睡了四天三夜，法牛每天中午跟黄昏都要叫醒我一次，怕我睡了就不会醒了。

一天他又来叫我，推开门，我已经起床洗漱。他站在门外看看，扭头就走。过了一会儿，他给我送来热腾腾的斋菜。咬了一口馒头，我说：她吃过东西了吗？法牛点点头，我于是继续啃馒头。

吃完了，我问法牛这几天寺里有什么事发生吗，他说来了一群无理取闹的人，在关押白姑娘的佛塔下纵火，已经被乱棍打出。

我说：下次师兄就不要动棍子了，让我出面即可。

法牛说：行。

我说：这些人，得动刀他们才长记性！

法牛擦把汗，嘿嘿笑一声，说：斋饭够吃吗？

我“嗯”一声，一口气把米汤喝干了。

转眼就是冬天，金山寺里一场雪，下得万籁俱寂。我每天荡舟湖上，船里放个小小的火盆，冷了暖暖手，饿了烘一点饼吃。天亮出门，天黑归来，一日复一日。

冬天快要过去的时候，法喜师弟送来师父的信函，我差点从船里翻进水里，师父再活下去，都该成精了吧……

拆开了信，一片空白。我不禁苦笑，师父的意思是要我像这张白纸，离一切相，一念心灭。

这时法喜师弟咳嗽一声，说：住持，你的信……反了。

我把信翻个面，果然有字。师父说，他每顿吃一碗米饭。法喜师弟偷偷看了一眼，说：老住持这是什么意思？

我说：师父饭量没减，这是说他身体很好，不要牵挂。

法喜“哦”一声，我顺手把信投进火盆，火苗升起，湖面也染上霞色。看看已近黄昏，我于是上岸回寺。

没走几步，有人戳了一下我的后背，我扭头看法喜，他也看我，然后视线挪到我身后。他说：咦，住持，你怎么被人捅了一剑？

转过身，小青站在雪地里，脸颊和手都冻红了。她怒目相视，很久都不说话。法喜师弟咽一下口水，说：住持，你没事吧？

我说：没事，还好穿了棉衣，剑尖只是进去一点而已。

说话间，听到淅淅沥沥的声音，看看天空，并没有下雨。

法喜师弟脸色骇然，说：住持，住持，你在喷血啊！

我回头看看，雪地里一片殷红。再看小青，她忽然不知去向了。我对法喜说：快召集师兄弟去佛塔，塔里的人不能放走。

法喜说：我还是先扶你去止血吧！我说：不要紧，正好凉快一下。

法喜师弟说：那住持你自己保重了，凉快一下是好，可别全凉了！

我拍一下他的脑瓜壳，说：快去！

顺着檐廊走了一会儿，渐渐觉得头晕眼花，几个弟子赶来，迅速扶我去禅房，请长老为我止血包扎。过了一会儿，法牛师兄也来看我，我问他佛塔那边怎样了，他说有降魔僧和棍僧在塔下坐镇，况且又有伏魔咒文，不必担心。

我说：怎么能不担心呢，他们下手不知轻重，伤到小青怎么办？

法牛汗然……

等长老和弟子都退出禅房，法牛师兄说：既然青姑娘来救白姑娘，你不如睁只眼闭只眼得了，这样你自己不也轻松很多吗？

我摆摆手，说：白蛇一定要留在塔里忏悔。

法牛师兄说：知道你是担心她出去了，四方术士会一哄而上捉拿她，这好办，让她们隐居呀。

我说：这件事没得商量。

法牛师兄叹息一声，说：你这么固执，青姑娘她……

我打断说：你话很多啊，我要躺……呃，趴一会儿，你先出去吧。

法牛又是一声叹息，关上门走了。

等到深夜，我出了禅房直奔佛塔。进到塔里，白素还没睡，正透过塔上小小的窗看月。瞥一眼案几，上边的佛经落了一层灰，笔墨纸砚也没有动过的痕迹。

她始终没有看我一眼，对着窗外说：许仙来过吗？

我说：没有。

她不说话了，脸上看不出悲喜。

我暗结净法界印，白素立刻化作白蛇，我将她藏到袖中出了塔，正好撞见法牛师兄和监寺师叔。

法牛说：有大家在此看守，就别操心了，养伤要紧。

我说：不知道青蛇什么时候还会来，我想去净慈寺避一避，我走了，任何人不得入塔。

法牛说：送饭怎么办？

我说：白蛇正在禅定，不必送了，等我回来再说。

法牛点点头，我立刻动身。

到了西湖，我一刻不歇又折回金山寺。

我前脚刚走，小青果然来闯塔，大家略过几招，小青寡不敌众逃了。追到湖边，小青突然从水里蹿出来，投出一柄剑，将一个降魔僧刺死。

法牛说这件事非常严重，我也觉得，十一降魔僧叫起来真是不顺口，得赶紧招人哪！

看师兄欲言又止，我说：如果你想说那件事，我看还是算了。法牛嘿嘿笑一声，说：我都没开口，你怎么知道我要说哪件事呢？

我说：十八降魔僧，听起来就是抄袭十八罗汉嘛。

法牛看看禅房外，朝我走近一步，说：你悄悄告诉我，你是不是把白姑娘放了？

我说：放屁！

法牛说：我就是随口一问，你歇着，我先走了啊。

我叹口气，叫住他说：师兄，人世间真的有大爱吗？

他说：有啊。

我说：如果有，又在哪儿呢？

他说：所谓大爱，其实都是大苦。

我茫然。

他说：你要找大爱，佛经里没有，佛堂里也没有，你一定要亲自出去看看。

我抬头瞥一眼门外，忽然看见了小青！

他立刻推开门扇走到屋檐下，庭院里空空荡荡，原来是雪融了，一株青松露出针叶……

这时，二三弟子穿过庭院走来，说一位香客到寺里还愿，送来山水屏风一扇。我问还什么愿，弟子说这位香客以卖字画为生，去年到寺里许过愿，后来果然大发横财，因此回来拜谢神灵。

我说：他都画些什么，山水还是花鸟？

弟子互相看看，说：通缉令。

我说：好，真是前程似锦，你们把屏风搬来吧。

弟子说：香客还希望当面感谢住持呢。

我说：谢什么啊，通缉令上边画的又不是我！

说完，我摆摆手让弟子走开了。

没过多久，屏风搬来了，画的是金山寺，普普通通没什么看头，我只瞥了一眼便外出游荡。

夜里回禅房打盹，我脑门磕到案几，痛醒了。伸个懒腰，在禅房里走走，经过屏风这才注意到上边还画了人，指甲壳那么大，零零散散游走山间。看了一会儿，看得眼睛酸了，于是熄灭灯烛睡觉。

第二天一早，阳光照着禅房，屏风上的画映现在地板上，古刹、竹林、寒潭，栩栩如生。上前仔细观摩，湖边青石上坐着一个姑娘，正在水中濯洗发丝。看着看着，人像似乎大了一圈。

我看肯定是我凑得太近了，不料退后一步，人像依然大一圈！绕到屏风另一边，原本只有后脑勺的女子居然出现正脸，我弯下腰看，突然发现画上画的是小青！

不等我有所反应，鼻子忽然挨了一拳，小青破画而出，挥剑就劈。眼看剑就要划过胸膛，她却忽然停住，说：为什么不躲？

我白她一眼，说：我要是躲得开，你这还叫偷袭吗！

她缓缓把剑收回，说：让你多活几天，我先杀了许仙，再回来杀你。

我说：那我岂不是要长命百岁了？

她瞪我一眼，说：你别得意，找不到许仙，我先找你！

我说：你恨我，我懂，许仙又怎么你了呢？

她说：姐姐被恶人镇压塔下，他为何不来救人？

我斜眼看看她，无话回应。禅房外有僧人听到动静赶来，小青立刻跳窗而出，不见踪迹了。

小青走后半年，金山寺接连发生很多怪事。有僧人走夜路时，被人拍了一下脑袋，转身看看，什么也没有。稍走几步，又被拍，以为师兄弟藏在墙后边用弹弓打他，就没有放在心上。不料，身体突然被缠住，灯笼落到地上越滚越远，借着灯光，看见是一条毛茸茸的巨手捏着他。

僧人大声呼救，等大家赶来，怪手突然缩回去不见了。僧人身上都被捏得发白了，骨头差点断裂。

过了几天，湖里不断冒出气泡，水变得异常浑浊，大家以为这是要地震了，立刻跑到空地上，结果地震没有发生，湖里的鱼虾青蛙跃水而出，砸伤许多在岸边行走的人。

渔民在水下放置的渔网，一夜之间统统被咬断。假如在湖上行船，会听到船底发出闷响，不多时船就漏了，转眼便沉没。大家心里害怕，立刻封了湖。

封湖之后，寺里僧人出不去，粮食也运不进来，我和法牛师兄商量之后，决定冒险行船。距离岸边还有一半路程，果然听到船底闷响，我立刻盘腿而坐，结触地降魔印。水波激荡，闷响也戛然而止，一个青黑色的东西往远处游得飞快，法牛师兄提着少林棍一跃跳进水中，掀起一片水花，船都差点翻了。少顷，法牛师兄浮上水面，手里拖着驴那么大一条河伯虫，前边两条腿跟镰刀似的……

等到湖面解封，寺里又发生怪事，佛堂里既没有风，也没有僧人碰过蜡烛，烛台却突然倒下。有时只是灯灭，但偶尔也会烧着经书，监寺师叔担心佛堂起火，于是吩咐僧人日日夜夜轮流看守。尽管如此，灯烛还是莫名其妙地倒下，所幸扑救及时，并没有烧毁屋舍。

这些怪事一发生，大家全都来找我，然而最后都没有结果，只是弄得身心俱疲。有些弟子心里害怕，收拾行李连夜走了。

我开始担心，假如这种情况之下小青突然闯塔，寺里上下恐怕无力抵挡。后来发现是我想多了，杞人忧天而已，因为，小青已经杀回来了。

山门外，群魔汇集，一个个鼠头鼠脑，拉长个马脸。

我对小青说：你带这些鼠妖跟马妖来，看样子你找到许仙了？

小青说：对，那小子已经被我一剑刺死！

我仰头大笑，不料却打个哈欠，周围棍僧见了，也都跟着打哈欠。这些天来大家没睡好，走路都脚软。法牛干脆拄着少林棍打盹，口水滴滴答答落在鞋上。

小青阴笑一声，说：怎么，法海和尚，你也会睡不着吗？

我揉揉眼，懒得跟她说话。

小青抽出剑插到地上，群魔见了，一拥而上。法牛听见喊杀声，猛然睁开眼，挥棍子迎上去。没打几棍子，法牛倦意涌上，把少林棍甩飞了。其余僧人也都一样，很快便体力不支。大家渐渐往寺里退，混乱当中，小青不动声色去往佛塔。

我紧跟在她后边，眼看只差一步，伸手去抓她的肩，不料她突然幻化出蛇尾，勒住我的脖子。我抽出降魔杵刺她，她迅速抽身，我赶忙停手，降魔杵差点把自己的喉咙刺穿！我左右看看，幸好没人，否则还以为我这是要自尽呢……

小青恢复人形直奔塔下，刚要开门，伏魔咒文立刻灼伤她的手掌。

我走上前，离她三五步，说：疼吗？

她说：不用你管！

我说：早知道你这么疼，我就该把寺里全都刻上经文嘛！

她突然转身掐我脖子，我屈手上举结无畏印，掌心迸出佛光，一尊罗汉游出来，小青松开手转而朝罗汉拍了一掌，不料把自己弹飞，落到佛塔上，两扇门轰然倒塌。

小青四下看看，捂着心口跌跌撞撞上塔。我追到塔顶，她慢慢转过身，脸上隐隐闪现青蛇模样，她说：姐姐在哪儿？

我一言不发。她朝我走了一步，我立刻扔出佛珠，她却不闪不避，被佛珠击中跌倒地上。

她说：你把白素炼化了吗？

我沉默片刻，说：你走吧，否则我真的会收了你。

她苦笑一声，撑着地站起来。我让出阶梯，她扶着石壁走了几步，却又折回来。

我说：怎么，你忘拿东西了吗？

她倚着墙坐下，双手抱着膝盖，茫然发呆。

我说：你也想被炼化吗？

她说：我没有杀许仙。

我“嗯嗯”一声。

她说：你一直知道许仙在哪儿，对不对？

我说：对。

她说：你把塔锁上吧，我不想再出去了。

我叹口气，说：白素在雷峰塔……

她立刻站起来，揪着我的袈裟说：死和尚，你敢骗我，我吞了你！

我说：行啊。

她脸上浮起一丝笑意，但又突然怒目相视，她说：你就不能慈悲为怀放过姐姐吗？

我说：能，但不是现在。

她说：什么时候？

我说：雷峰塔倒，西湖水干。

小青怔怔地看着我，冷笑道：这有什么难，法海和尚，你等好了，我一定会再回来！

说着，她朝我脸上就是一拳，我捂着鼻子追下塔，人已不知去向……

第二十二章　心结

小青一走，我以为她会像从前一样，很快就回来。然而时光流转，总是等不到她。

法牛师兄觉得是我心太急，或许是如此吧，可她都走了三个时辰了，也该来了呀！

春夏秋冬转眼就过，每年我都去一次雷峰塔，隔着窗看一眼白素，然后匆匆离开。

有那么一年，白素忽然叫住我，说：法海禅师，如果我潜心忏悔，能不能告诉我许仙的下落？

我折回塔前，叹口气，说：你一定要知道吗？

她点点头。

我说：就算失望也不在乎吗？

白素眼眶忽然红了，她说：禅师请讲。

我说：哦，不能。

白素一愣，把经书全都撕碎。

我静静看着，其实心里并不好受，不过很快我就豁然开朗了，重新买一套经书就好了嘛！

撕完了经书，白素瘫坐在地上。我告诉她，来西湖的路上，曾经遇见一个行脚僧，手里举着两把荷叶立在路上，我以为他是指路呢，走近了看见地上躺着一个人，行脚僧正给他遮阳。我朝他行个礼，继续赶路，忍不住回头看了看，发现躺在地上的人早已经死了！

我折回去问行脚僧，难道不知这位施主已经离世？他点点头说知道，他经过的时候，这人已经没了气息。我问他怎么不报官，他说，荒郊野岭，只怕走了以后，他的遗体会被豺狼啃咬，所以一直原地守候，眼看烈日当头，于是摘两把荷叶为他遮阳。

白素听了，说：真傻。

我说：这不是傻，是善。

白素说：就不能把遗体背到衙门去吗？

我一拍脑门，说：对啊，我怎么没想到……

我又接着说道，后来我在西湖又遇见那位行脚僧，他站在桥头一动不动，我刚走过去，他就拦住我，不让过桥。我说：怎么，此路是你开啊！他赶紧合掌说，桥墩断了，从上边看不见，过桥很危险，修桥的工匠不知什么时候才能来，所以他一直待在桥头提醒路人。

白素说：如果你来，是劝我皈依佛门，那就不必了。

我说：这个行脚僧呢，法号觉因，俗名许……

白素听了，立刻跑到窗前，手碰到窗棂，掌心登时被烙上经文。她退了一步，捂着手说：许仙？他在哪座寺院出家？

我说：云游四海，居无定所。

白素神色凄然，说：他出家，究竟为了什么……

我说：为你修行忏悔，广积善缘。

白素听了，忽然淡淡一笑。

回去的路上，蹿出一群人抓着我的禅杖跟袈裟，我吓了一跳，刚要结法印，却被人握住双手。那人说：禅师不要怕，前些日子禅师在这儿守护家父遗体，我们是特别来道谢的。

我长吁一口气，说：还以为是特别来盗窃的呢……

那人捧出一袋银子说：奉上一点香油钱，请禅师不要嫌少。

我打开袋子数了数，说：是有点少。

那人诧异。

我说：我路过西湖边一座桥，看见桥墩断了，虽然请工匠来修补，但毕竟年代太远，不如你再添些银子，重建一座吧。

那人说：造桥是好事，禅师真是大慈大悲！

我摇头说：我一身是罪。

那人干笑一声，说：不知禅师德号上下，造完了桥，正好为禅师立一座功德碑。

我想了想，说：觉悟因果，觉因。

那人掰指头数了一下说：禅师的法号真长，看来得造高一点的碑才行了！

我：……

归途中，经过茶坊，我到里边吃点东西，呆坐半天，没有人理我，于是去问小二哥，他说：东西卖完了，你去别处吃。

我看看他跟前的蒸笼，馒头已经蒸好，又白又圆。

小二哥说：看什么啊，不卖。

我说：那能讨一碗水喝吗？

他指一指路边，说：你从这儿下去，有条河，喝个够吧。

出了茶坊往河边走，脑袋突然被人砸了一下，抬头看看，树上蹲着一群孩童，全拿弹弓迎着我。我拔腿就跑，他们从树上跳下来，追了一阵，跑不动了才放弃。我摸摸后脑勺，肿起好几个包。

我看这地方民风彪悍，赶紧出城。快到金山寺了，在岸边等船，不料艄公一见我，都往对岸划。一直等到天黑，遇见法怀师弟外出，才搭上他的船。

在寺里待了个把月，渐渐听到很多传言，说的是多年前姑苏城爆发时疫，许仙、白素布医施药的事。我一听，觉得这是好事，也许大家想起白素的好，能宽恕她的不好。

不料，一天早上监寺师叔急匆匆赶来敲我的房门，说山门外站了成千上万的人，要我释放白素。我听了，不能理解，山门外巴掌大点地，怎么站成千上万的人哪？

我出门去看，湖上停了数十条船，山门前、水上、岸上，都是人。一见我，大家就扔草鞋、菜叶、臭鸡蛋。

我说：你们扔轻点儿，都听不到你们说话了。

一个大婶走上前说：法海和尚，你快把许夫人放了！

我说：你们这么快就不记得水漫金山了吗？

大婶说：那也是你抓了人家丈夫，要是我啊，别说淹你个破庙，把天掀翻了都是小事！

大婶说完，周围的人齐刷刷地点头。

我说：白蛇潜心修行，时候到了，我就会放她出来。

大婶说：你不是说雷峰塔倒，西湖水干吗？

我说：啥？

大婶说：你不放人，我们就拆了那破塔！

我苦笑一声，众人又扔菜叶，我抵挡不住，回到寺里把门关上了。

法牛师兄说：既然民意如此，不如就让白姑娘出塔吧。

我摇摇头。

法牛师兄说：你这人怎么这样呢，以前是为了白姑娘也就算了，现在又是为了什么！

我说：她心里放下了许仙，我就让她出塔。

法牛师兄一愣，沉默了一会儿，说：既然这样，要我派弟子镇守雷峰塔吗？

我说：雷峰塔上，每块砖都镌刻了经文，塔下埋藏数百卷经书跟历代高僧舍利子，你就不必但心了。

法牛师兄说：经文跟舍利子可以伏魔，但能伏人吗？

我说：你想啊，那些佛像、经卷跟舍利子得多值钱，官府肯定会加以保护，你说那些人服不服？

法牛师兄释然，说：服，我真服了你了！

话虽然是这么讲，我还是有所顾虑，半夜里叫醒法牛师兄，两人星夜赶路直奔西湖。

与此同时，流言蜚语一天天多起来。白素水漫金山，在坊间有了不同说法，其中一个是说白素苦苦哀求，要我释放许仙，她一哭，感动了漫天神佛，还有金山寺外数十万百姓。大家就这么哭啊哭啊的，把金山寺淹了。

我想，假如我是神是佛，看见法海在那儿作恶呢，我就光是站在一边哭，啥也不干哦！

当我们赶到雷峰塔下，出乎意料，几乎不见人影。只有一个穿青衣的人，挥剑劈砍塔门。剑划过门扇，火星飞溅，但这样也只是留下浅浅的划痕。忽然剑断了，咣当落到地上，她垂下手，血沿着指尖滴落。

法牛师兄上前一步，我抬手拦住。

小青回头看了我一眼，猛然往门上撞，眨眼便化作青色巨蛇，缠绕着佛塔一点点往上爬，塔上瓦片、风铃哗哗往下掉。法牛师兄说：雷峰塔要倒了！

这时，塔身浮出经文，佛塔明晃晃像映着波光的湖面，原本是艳阳天，渐渐乌云密布，雷声震天价响。狂风刮得我跟法牛睁不开眼，只好退到树后避风。一道闪电划过，落到雷峰塔上，小青被烧得皮开肉绽，猛然朝我们倒下来。法牛抓着我的衣领飞身避让，小青跌落，青石板碎裂，我和法牛被碎石击中，也摔到地上。

小青吐下信子，转身又去撞雷峰塔，我立刻结法印扔出袈裟，将雷电引开，电光一闪，袈裟瞬间烧成灰。

法牛师兄跳上蛇尾，使蛮力压住。我屈指结金刚网印，佛光凝成一张铺天盖地的网困住小青。天空乌云翻滚更加剧烈，狂风卷起西湖水，白浪拍到岸上，把几株柳树都冲倒了。

小青不断扭动身躯试图挣脱，法牛额头的青筋几乎爆裂，我也渐渐支撑不住。雷峰塔里，白素呼喊了几声，小青便一点点平静下来，恢复了人形倒在地上。

我刚要上前扶她，她忽然化为青色小蛇，飞速蹿进西湖。

不多时，烟消云散，西湖水也平复下来，微波轻轻荡漾。

我隔着窗看到白素，低头就走，她说：我今天抄了《法华经》。

我立住脚步，说：真好。

她笑了笑，这一声笑，再听到竟好像隔了一辈子。

我说：从塔里往东看，有一座桥，比别的桥都白，是新建的，造桥的人是觉因。

说完，我沿着石阶往下走，法牛师兄凑上来，说：谁是觉因？

我说：许仙。

法牛诧异道：你果然知道许仙在哪儿……可是，他怎么会叫觉因呢？

我说：他做了云游僧，周游四海，为白素忏悔。

法牛拍拍我的肩，说：这个秘密，师弟你一定憋得很难受吧？

我说：不要紧，秘密人人有。

法牛说：屁大点儿事，你愣是藏了这么多年，辛苦你了啊！

我白他一眼，说：事过境迁，说起来当然云淡风轻了。

法牛说：照这样，你很快就会放了白姑娘吧？

我说：不早了，去净慈寺挂个单，我不回金山寺了。

在净慈寺住了十来天，闲游时经过一间禅房，看到里边整整齐齐陈列着许多法器。我担心小青早晚还会来闯塔，我的袈裟烧成灰了，禅杖跟金刚橛也没带上，就想进去借几件法器。

轻轻叩了下门，一位师兄出来迎接。稍聊几句，师兄自述法号妙离，在寺里专做法器。

我问他能否出借一二，他将我迎到禅房里说：法器各有不同，或为礼佛，或为修行，或为弘法，不知你需要哪一种。

我说：伏魔。

他左右看看，旋即走到柜子前，取出一个小木箱放到桌上，吹了吹上边的灰。

看我一脸诧异，他解释道：如今天下太平，没那么多妖可以降伏，法器因此闲置了很多年。

我说：难道没有大一点的法器吗，比如狼牙棒、开山斧什么的，这箱子那么小，我真担心师兄你会拿双筷子出来啊……

妙离师兄笑笑，说：出家人讲慈悲心，我怎会有那些凶器呢？

说着他将锁开了，盖子掀开，爬出两只蟑螂。他捧出里边的布袋，轻轻展开，看他如此慎重，我不禁大喜，必定是什么不得了的法器。他说：这东西摆了好多年了，灰尘多，得慢点儿。

我：……

展开最里边一层棉布，终于露出法器——还是一块布！我看了半天，问道：这件法器厉害，是打不过人家的时候擦汗用的吧？

妙离师兄笑而不答，他食指沾一点口水在布上搓了一下，搓出一道口子，里边居然还有东西……他把开口朝下，倒出纸条，这下我完全傻眼，不明所以。妙离师兄把纸条展开，我看了一眼，上边写着：三左九右，八左八右。

我说：这是伏魔真言吗？

妙离师兄说：不是，是地图。

我说：看不出来。

妙离师兄说：出门走三丈左拐，走九丈右拐，走八丈左拐，再走八丈右拐，然后就到了。

我汗然。

我们照着地图走到一棵树下，用锄头刨了半天，刨出一个大箱子。打开了，里边摆着两柄法剑，剑身雕刻蛟龙，无比精美。

我说：这还差不多嘛！

妙离师兄将两柄剑捧出，他说：这两柄剑，一柄是青铜剑，一柄是精钢剑。

我想肯定是精钢剑要好，但他说，这两把剑对我是一样的，只是对他不一样。

我得意地笑笑，说：难道是我修为太高，法器只不过是个辅助了？

他摇摇头说：不是，成本不一样。

摸了摸剑刃，果然锋利异常，我说：算了，我还是不借了。

妙离师兄说：又不收你的银子。

我说：出家人五戒，第一戒就是不杀生，用剑总不太好，不知有没有慈悲一点的法器呢？

妙离师兄想了想，说：其实，你既然能够镇压千年白蛇妖，五百年青蛇又算什么，只是你心怀恻隐不忍出手罢了，不论你拿什么法器，都跟枯草一样。

我说：白蛇虽然有千年修为，但心里都是善意，因此被我侥幸降伏，青蛇就不同了，生性暴躁，喜怒无常，下手也不知轻重。

妙离师兄说：如果青蛇真这么残暴，为什么你跟她屡屡交手，却还活着？

我哑然……

妙离师兄说：这样吧，不能让你白来一趟，我送你一壶酒好了。

我摆摆手，说：别说出家人不饮酒，就是能饮，借酒消愁不过痛快一时，酒醒了，心痛头更痛。

妙离师兄说：我送的是跌打酒。

我说：哦，多谢师兄……

从此以后，白天我在雷峰塔前坐禅，陪伴白素修行，夜里就在一块圆石上铺开袈裟睡觉。

这样过了三年，小青又来闯塔。

短短数年，小青的修为精进不少，一挥衣袖，毒蛇像潮水般涌上佛塔，啃咬石壁。几条赤练蛇爬到我身上，我捻指结印轻拍一下蛇头，它们便化作红叶。叶片落到其他游蛇身上，顷刻间，蛇鳞支离破碎，塔上的毒蛇全变成落叶飘飘荡荡撒下来。

小青踏着红叶飞身上来迎面给我一掌，我歪一下脑袋轻松避开。

她落到我身后，抬腿就踢我后脑勺，我把佛珠往后甩，缠住她的脚踝，稍一用力，她便跌倒在厚实的落叶里。

她咬咬牙，一句话也没有留下，起身就走。

流年似水，西湖的荷花，开开落落已经五次。世人都已经淡忘了雷峰塔，只有小青念念不忘。

五年里，她又来过一次，但并没有和我交手。

她对我说：过了这么多年，白素已经平和如同当初，就算不肯放她出塔，让许仙和她见一面总不为过。

我说许仙早已成了家，在这世上某个地方平平淡淡度日，又何必去打扰他呢？

小青说：从前的恩情，说抛掉就能抛掉吗？

我说：他终究是个凡人，还能怎样？

小青说：许仙如此，你也如此吗？

我一时语塞。

小青冷笑一声，临走了，她对我说：雷峰塔倒，西湖水干，比起你的心结，究竟什么更难呢？

晚上回了净慈寺，法牛师兄到禅房找我，喝了半天茶，下过几盘棋，他问，上一次我还告诉他许仙出家了，云游四海，怎么这一次又跟小青说许仙成家了？我坦白，其实，我从来都不知道许仙在哪儿。

法牛师兄说：那觉因……

我说：觉因就是我咯。

法牛师兄哑然。

我说：但要说什么都不知道，又不确切，许仙的下落，有三种可能，刚才师兄说的都有可能。

法牛师兄说：那还有呢？

我说：白素水漫金山那天，许仙不是在寺里吗？

法牛师兄脸色突变，说：那他岂不是……

我拍拍他的肩说：世事无常，谁也说不准，师兄不要胡乱猜测发。

法牛师兄叹息一声。

窗外，残月轻烟。

雷峰塔，隐隐约约……

又是一年夏，雨水不断。有一天，石板路上走过来一个老婆婆，手里提着饭菜，一路热气腾腾。老婆婆对我说：都下雨了，你也不知道躲一躲。

我说：我心里没有雨，又何必躲雨呢？

老婆婆说：那你肚子里没有饭，你还吃不吃了？

说着，老婆婆拿出一碗白米饭、一碟豆腐、一锅杂七杂八的蘑菇汤，然后又把筷子给我。

我说：净慈寺的师父请你给我送饭吗？

老婆婆说：那些和尚想起来了就给你送饭，想不起来了，你就饿着，有位姑娘可怜你，让我每天给你送斋饭。

听了，我摆下筷子，结禅定印打坐。

老婆婆拍一下我的头，说：别糟蹋粮食啊，快吃！

我骇然，颤颤巍巍举起碗筷，吃完了，肚子忽然疼痛难忍。我不禁苦笑，为了救白素，小青终于要杀我了……

这时，老婆婆又拍我的头，说：你把汤都喝干净了，肚子没撑破就不错了，谁还给你下毒啊！

我傻笑一气，不敢说话了。

老婆婆收捡碗筷的时候，看了一眼雷峰塔，说：这下边真的压了一条千年白蛇？

我说：你要不要自己去看看？

老婆婆马上摆摆手，说晚上还会来送饭，旋即一瘸一拐走了。傍晚，地上一个影子摇摇晃晃挪过来，老远我就闻到饭菜香。我对老婆婆说：以后请不要再送了，其实白天那碗饭我也不应该吃。

老婆婆说：你是觉得自己欠人家姑娘太多，害怕不能报答吗？

我说：不是，我现在一天五顿饭，吃不动了呀……

老婆婆说：下次净慈寺的和尚来了，你让他们别送就行了。

我想，再这么吃下去，早晚会对小青心慈手软，但又不好拒绝老人家，冥思苦想了一夜，终于想出对策。改天老婆婆再来送饭，我一句"多谢"都不说！

有一天吃过了饭，昏昏欲睡，打盹时听到动静，发现老婆婆正站在塔前用一段铁片开锁。我赶紧起身，一把夺过铁片。老婆婆吞吞吐吐说不出话，我把铁片掰断扔了，说：放走了塔里的妖，可就麻烦了！

老婆婆说：白姑娘虽然是蛇，但菩萨心肠，老身不信她会伤人！

我说：她是不会伤人，可我又得把她抓回来一次，你说麻烦不麻烦？

身后忽然袭来寒风，我暗结法印转身就是一掌，看到小青的眼睛，竟意外地平静，但这一掌已经来不及收回。

小青摔到地上，老婆婆赶紧去扶她。

老婆婆说：人家姑娘天天给你做饭，你怎么打人了还！

我冒了一头汗，不知道说什么。

小青站起来，冷冷看着我，说：这扇门，你开还是不开？

我默然。

小青盯着我看了一会儿，愤然离去。

第二天一早，城里流言四起，人们都说三天之后，雷峰塔倒。

第二十三章　来世

入夜后，雷峰塔里亮起一盏孤灯，烛光摇曳。

我静静看了很久，塔里的人忽然抬头，说：岸上的灯火好美！

我回头眺望，无数荷花灯随着清波漂过来，映得雷峰塔恍如佛光笼罩。

湖岸上，善男信女苦苦遥望。

白素说：今天有灯会吗？

我说：他们来，是为了等雷峰塔倒。

白素叹息一声，说：小青……

我说：世间有三毒，你知道吗？

白素说：知道，贪、嗔、痴嘛。

我说：不对，砒霜、聚赌、小青。

白素哈哈一笑，说：过了这么多年，你觉得小青真的只是为了打破雷峰塔吗？

我说：她倒是想打破我的头。

白素说：只可惜，小青恐怕要失望了。

我说：可不是嘛，我法力广大，她都近不了我的身。

白素说：就算破了雷峰塔，你心中的障碍，也不会破的。

我说：她还失望了呢，是恨我不死吧！

白素叹息一声，说：你怎么会懂，小青这是因痴成恨。

我沉默片刻，说：那……你……

白素说：我不怨你，我在塔里多少年，你就守了多少年，风吹日晒都不走，真正苦的人应该是你吧！我只是遗憾，世人都知我在雷峰塔下，可是过了这么久，许仙一眼也没有来看过我……

我说：但我恨你啊，那年菩萨脚下遇见你，同甘共苦半生，却不如许仙对你一时的恩。

白素说：既然这样，当初为什么一声不响回金山寺做住持？

我说：什么叫一声不响，我被打晕拖回去的时候，脑袋不是“咚”了一声嘛，再说后来我也找过你啊！

白素说：找了多久，难道像我找许仙一样吗？

我说：哪能一样，我找许仙干啥！

白素不说话了，她看着石壁上的灯影，忽然之间好像轻松了许多。

良久，她说：不知道明天小青要做什么，和尚，你自己要小心。

说完，她双手托着腮，静看西湖水。

眼看灯烛一点点燃尽，天也快亮了。这时，忽然下起了细雨，湖上烟波微微，几条渔船荡进荷叶深处，渔歌缥缈。

石板路上传来脚步声，一会儿，拐角处走出一群持棍武僧，浩浩荡荡，山呼海啸。众僧在塔前列阵站立，法牛师兄走到我跟前，说：今天一早，有人看见城外群魔汇聚，一路往雷峰塔来了，我特别召集武僧过来坐镇。

我左右看看，说：不必了，你们回吧。

法牛骇然，说：现在赶来的，可不是上次那些弱不禁风的鼠妖跟马妖哪！

我说：废话，它们都被灭了还能再来一次？

法牛指一指南面，我抬头看看，妖气弥漫，城池渐渐湮没在浓雾里，路上行人拖家带口四散奔逃。僧众望见黑云，手脚微微发抖，心生退意。法牛突然大喊一声，拉开衣襟赤裸上身，把少林棍往地上一顿，身上肥肉摇摇晃晃。

我说：雷峰塔要倒，谁也挡不住，你们不用待在这儿了。

法牛说：那一起走啊。

我一言不发。

法牛盯了我一会儿，说：好，我知道了，这就走。

他收回少林棍，穿过僧众招一招手，大家长吁一口气，赶紧跟他走了。我盘腿坐下，理一理袈裟，遥望妖风静静等候。

闻见腥风味道，我睁开眼，塔前石阶下，群妖身穿墨色铠甲，拖刀而行。雨落在刀刃上，叮叮当当地响。群妖当中过来一顶轿子，珠帘拨开，小青低头走出来，她凤冠霞帔，脸上泛着淡淡红晕。她朝我走过来，红裙微微飘舞，腰间玉环轻响。到了跟前，她抬起衣袖嫣然一笑，说：还行吗？

我说：你还行，但我快不行了。

她抿抿嘴，说：喜欢我穿嫁衣的样子吗？

我欲言又止，低头看着地上。

她说：今天我一定要雷峰塔倒，如果我输了，请让我带着这身红装下葬。

我说：假如塔倒了，你还会偶尔来看看我吗？

她笑着点点头，说：每年清明，我都会给你上坟。

我说：谢了啊。

她说：不客气，那……我先出招了。

我单手立掌，说：好，来啊。

小青低头合掌，忽然衣袖一挥，一把长剑落到手心，她握着剑柄猛然刺向我眉心，我捻指结刀剑印，寒风暗涌，她迅速将剑抽回格挡，风卷过她耳畔，斩断了几缕黑发。

小青往后稍退几步，群妖提刀杀奔过来。我转动手腕，风刮起落叶，几颗妖首咣当落地，浓黑的妖血溅了一点在我的袈裟上。风还未止息，后边小妖马上像潮水奔涌上来，我于是起身退避。

几只半人半蜥的妖抓着铁链飞速爬上佛塔，没等经文浮现，就把塔缠绕了好几圈，稳稳落到地上。其余精怪抓着铁链拖拽，雷峰塔竟微微晃了一下！

小青取下发簪轻轻扔出，发簪触地幻化成青龙，身上磷火萦绕，龙甲锵锵作响。青龙挥爪横扫，我赶忙往边上扑，然后一阵翻滚。青龙龇牙咧嘴，滴着口水游走过来，压死附近一片小妖。

我抽出金刚橛刺入地缝，刚要结印，青龙一巴掌拍下来，我迅速跳开。青龙歪一下脖子一口衔住我，细细密密的牙扎得我前胸后背一阵刺痛。我忙结护身火印，念诵真言咒文，青龙啐了一口，把我吐到地上。

我爬起来，跑到金刚橛前，青龙喉咙咕噜一声，冒出磷火。我合掌默诵咒文，金刚橛微微转动，青龙猛然低头吐火，烈焰绕着我烧成一个圈，我立在中间却丝毫不觉灼热。等火烧尽，我拔起金刚橛一跃跳上龙头，往眼睛里一刺，青龙痛得翻滚。我再结净法界印，青龙便恢复成发簪，横在我的手心。

眼看雷峰塔越来越歪了，我立刻奔向塔下。不料半空中突然落下来一条滑不溜秋的大鲶鱼。我侧身让开，它也侧身一倒，我身上的骨头一声轻响，整个人被它死死压住。我撑着地面挺起身，单手结护身火印，它扭动身躯一阵拍打，居然灭了我的火……

我实在抽不出手了，干脆动口，一嘴咬下去，撕掉它的鱼鳍。鲶鱼抽搐了一下，我一把推开它。刚脱身，它一个鲶鱼打挺，又把我压得趴在地上。我奋力从鱼肚子下边挤出去，胸口剧痛几乎不能站直身体。鲶鱼一呕，一摊黏兮兮的液体把我紧紧粘在石壁上。

我心头火起，拼命转动身体，然后往下边一滑，脱离出来。鲶鱼纵身就扑，我一拳打穿它肚皮，鲶鱼倒在地上跳了两下，身体渐渐消融，不多时便只剩下一堆鱼骨。

雷峰塔上，瓦片飕飕坠落，我马上护住脑袋跑开。几只癞头小妖追来，我取下佛珠转身一甩，他们全都停住观望。佛珠套住一个小妖脖子，它拎起来看了看，佛珠突然收缩，将它的脖子挤成粉末。旁边的小妖见了，提起长刀对着佛珠一阵劈砍。

我屈指结印，佛珠一变二，二变四，眨眼间数百粒珠子散落地上。我猛然攥紧拳头，佛珠聚拢，几只癞头小妖身上全被洞穿。我轻舞指尖，佛珠便尽数浮起，砸向缠绕雷峰塔的铁链。火星闪烁，铁链跟佛珠全都碎成渣。

我弹掉肩上的铁屑，这时，一众妖魔疯了似的冲向佛塔，歪着脑袋就往上撞。顷刻之间，雷峰塔顶乌云汇聚，闪电轰然落下，连我都差点给劈了！小妖被烧焦一片，塔前尸首几乎堆成一座小山丘，然而丝毫不能抵挡群魔破塔。

我缓缓抬起手，结无畏印，空中乌云化作祥云，闪电化作暖阳，众妖忽然不再撞塔，全都抬头望着天。少顷，祥云破开，露出罗刹鬼脸，几只小妖吓得像烂泥瘫软在地上。罗刹鬼抓住几只妖，双手一拧，骨头咔咔响，绿色的汁水从指缝滴落。

群妖震怒，一拥而上撕咬罗刹鬼，风中腥臭味道越来越浓烈……

等到风平浪静，地上横尸无数，罗刹鬼也成了枯骨，随着祥云一起消散。

我垂下手，稍感头重脚轻，刚要迈步便跌倒地上。听到剑划过石阶的声音，抬起头，看见小青一步一步朝我走过来。

我撑着地面爬起来，身体一阵摇晃。小青挥了一剑，将我的袈裟划破。我颤颤巍巍抬起手结印，小青提腿就踹，我胸口挨她一脚，摔到地上再站不起来。

她反手把剑掷出，剑刃贴着我的脖子刺进青石板。我摸了一下，渗出一丝血。她冷冷看着我，笑了一声，忽然又哭了。她一哭，我才发觉今天的西湖原来很安静，垂柳上的白鹭停留了很久都没有飞走……

小青抹一下眼泪，面带怒色走到塔前，指尖穿过门缝奋力往外拉。门上浮出佛经，灼烧得她的双手血淋淋的。白素在塔里苦苦相劝，我也向她一点点爬过去。我嘶喊着求她停手，她咬咬牙，一用力，石壁竟裂开了！

我说：小青，你别这样了好吗？

她仍不停手，滴落的血将门槛染得鲜红。

我说：这门不是往外拉的，要往里推才能开啊！

这时白素从塔里掷出经卷，击中小青左肩，她跌倒了，起身又去门前。

我摇摇晃晃站起来，奋力往前一扑，抓住她的胳膊倒在地上。

白素沙哑着声音说：小青，你破不了雷峰塔，不要再试了！

小青想要挣脱，而我越来越感受到她的无力。

挣扎了一会儿，她伏在地上恸哭，攥紧拳头狠狠砸向地面。

我握住她的手，说：你要砸，砸我身上，这样手就不会疼了。

她把脸埋在胳膊里，肩膀微微颤动，很久都不抬头。

一会儿，雨渐渐停了，艳阳洒在西湖，十里荷花悄然绽放。

我说：小青你看，荷花都开了。

她偷偷看了一眼，又把脸埋在胳膊里。我把她扶起来，她别过脸看着地上。我迎着西湖伸个懒腰，再看小青，她泪眼蒙胧，对着西湖一阵傻笑。清风刮过，顿时觉得神清气爽。

小青忽然侧过脸看着我，我一愣，说：怎么了？

她说：和尚，如果真的雷峰塔倒，西湖水干，你和白素是不是都能放下各自的心结呢？

我说：你以为西湖是水坑啊，说干就干。

她说：如果我做到了呢？

我说：那我就娶了你啊。

她笑一声，说：好，到那时你可千万别死了！

我也笑，扭头看她，然而身边已经空无一人……

在净慈寺休养了几天，我又去了一次雷峰塔，辞别白素。转身没走几步，忽然听到一声脆响，回过头，看见锁落到了地上，门扇上的经文也全都消散。

我怔怔地看了半天，朝雷峰塔合掌一拜，挑起行囊走了。

回了金山寺，我让出住持衣钵，从此荡舟湖上，游走山间，热了爬上树打盹，冷了回禅房睡觉。

过了许多年，我也跟记忆里的师父一样老了。

法牛师兄的记性越来越差，他老是重复做同一件事，比如，他每天都要跟我说一百八十遍“刚才不是跟你说过了吗，你怎么又问了”。

去年秋末，监寺师叔一连好几天没去佛堂，住持请我去看看。我看了回来，告诉住持，监寺师叔跟平时一样。住持说：但他平时都来佛堂说法的呀。我说：那他跟一个月前一样。住持说：怎么个一样？我说：光是坐着，不喘气。住持大骇，说：啥？监寺师叔圆寂了？

再后来，我也有了一个徒弟。他常常跟着我上下金山寺石阶，累得脸颊通红，喊师父等一等。我转过身，看见小沙弥穿着厚厚的冬衣，笨手笨脚地追赶，忍不住笑。过了一些年，徒弟慢慢长大了，师父也不再等他了。

徒弟很伤心，说：师父，你真的不能走路了吗？

我说我走得够久，不想再走了。

他说：要不我给师父买头驴吧，真的背不动你了……

有天夜里，灯暗了，我伸手去摸，不料被灼伤手指。这时我才发现，灯没有灭，是我快看不见了。我呆坐了一会儿，心里焦虑，立刻提起禅杖走出寺院，乘一叶扁舟，直奔西湖。

再见到这一方烟柳画桥，湖面上开满了荷花，铺天盖地，都快把西湖给填平了！来到雷峰塔，一片残砖破瓦，塔上爬满了藤蔓。地上的落叶堆起厚厚一层，很平整，已经很久没有人来过了。

我放下禅杖，在塔下坐了一会儿，树林里走出一个人，她还是当年的模样，而我垂垂老矣。

她说：和尚，你看雷峰塔倒映在水里，荷花种满了西湖，雷峰塔倒，西湖水干，就是这么回事吧？

我合掌一笑。

小青站了一会儿，荷叶上的蜻蜓忽然受到惊吓飞走了。

她转身走向雷峰塔，举起长剑往下一劈，塔门轰然倒塌。

我转过身，看见白素神态怡然，静静坐着。

小青摇一下她的肩，白素忽然像青烟飘散，化成小白蛇盘卧在地上。

小青夺门而出，一把抓住我的袈裟，说：怎么会这样！

我说：白素还在，只是一念心灭，回到当初的模样。

这时白蛇抬了抬头，小青忽然笑了，说：姐姐还记得我……

我说：你神出鬼没，要忘记你真是不容易。

她拍一下我的头，说：和尚，我要走了。

我说：去哪儿？

她说：跟姐姐隐居深山，重头修行。

我说：那我会早晚一炷清香，愿菩萨垂怜，庇佑你们。

她说：可是，你说过的话还算数吗？

我说：但我都老成这样了。

她说：你觉得，会有来世吗？

我说：得看了才知道。

她说：好，我会等，只愿来生，你不惧红尘。

小青把白蛇揽在怀里，越走越远，快要看不见的时候，她忽然转身……

黄昏时，华灯初上，徒弟跟法牛师兄都来了。

徒弟说：师父为什么一个人在这儿傻笑？

我说：想到了一些旧事，忽然很怀念那年月下诵经，有人为我拨亮一盏青灯。

他挠挠头说：“那个人，是谁呢？”

……

番外篇　情僧

一日晚间，灯残人静。

僧人提灯夜行，途经山谷，荒野里悄然亮起烛火，照出一顶红帐篷。

走到近前，风吹开布帘，隐约望见有人招手。僧人俯身进帐，只见菩萨画像一幅，在风里晃。

听到脚步声，一个男子猛然抬头，同僧人目光相对。

僧人看眼地上瑟瑟发抖的姑娘，质问男子：你怎么扒人衣裳？

男子说：误会而已，都是因为你来的时机不对。

僧人说：哦？

男子说：你要是过一盏茶的工夫再进来，我就是给她穿衣裳了嘛。

僧人大手一伸，捏住男子脸颊，把人提起来扔出帐篷。

拾起姑娘的衣裳，僧人大骇，衣裳下，居然盖着一条蛇尾！

姑娘坐在地上，下身一甩，蛇尾断裂，露出人腿。

僧人释然，原来是卖艺的，但又不解，细看蛇尾，其实假得跟卷起来的被子似的，就这还有人肯花银子来看？

姑娘挺挺胸，说：下半身是假的，但上半身可是真材实料嘛！

僧人汗然，见刚才的男子已经溜了，于是继续赶路。

回到破庙，独坐无事。

僧人躺到供桌上，头枕着胳膊，刚要入睡，门开了，晃进一个姑娘，穿着僧人晒在竹竿上的僧衣，披头散发。

僧人诧异：又是你？

姑娘扑通跪下，说：我要出家！

僧人说：且不说这儿是财神庙，就算是寺庙，女众出家，也该找师太，你走吧。

姑娘摇头，眼泪浇花似的两边洒，跟着就开始摔东西。

僧人心想，为什么人都觉得一哭二闹三上吊很烦呢，因为是真的哭，真的闹，但不是真的上吊嘛，要是真吊了，也就不烦了。无奈，僧人只好留下她。

姑娘大喜，问僧人：你叫什么名字呀？

僧人说：法牛。

姑娘说：哦，不对，我该叫你师父了。

法牛没回应。

姑娘说：我叫锦织。

法牛翻身睡觉。

锦织说：师父可以传授武艺给我吗？

法牛说：行，你先扎两个时辰马步。

锦织半蹲了一会儿，摇醒法牛说：师父，师父，经过你一番调教，我觉得自己的功力已经达到九十九层了！

法牛一脸茫然。

锦织说：来，试试用你的拳头直击我的面部。

左眼挨了一拳，锦织说：我都没防备，你干什么啦，再来，不许偷袭！

左眼又挨了一拳，锦织说：我防的是右眼，你能不能打右眼呀？

法牛伸出食指往前轻轻一戳，锦织抬手挡住，她笑道：怎么样，你的手指没断吧？

法牛：……

锦织说：成了，这下可以去除妖了。

法牛讶异道：什么？

锦织说：妖怪啊，村里的人差不多都被它害死了。

法牛坐起身追问，锦织说：大家凑了一篮子馒头让我上金山寺找方丈，可路上没东西吃，我就把馒头吃了，到了寺院就不敢进去了……

法牛说：后来呢？

锦织说：后来被人骗去卖艺，这不就遇到了师父，没银子请你，只好跟你学艺，回去除妖。

法牛说：那你找我也没用，打山贼我还行，捉妖，你还得上金山寺。

正说着话，锦织又泪洒一地，法牛抓抓脑瓜壳，给了她一个签筒。

锦织说：是不是抽到上上签，你就跟我回村子？

法牛说：抽到再说。

锦织双手握着签筒，闭上眼虔心祈福，而后摇起签筒。签落到地上，捡起来一看，上写“劈柴”。

法牛说：好了，去劈柴吧，有事做你就不会那么愁了。

锦织说：只要劈柴吗，在我临死之前，还有什么要吩咐的吗？

法牛默然。

锦织说：劈完柴我就回去了。

法牛有些不耐烦，问到底出了什么精怪。锦织说，是座吞人老宅。

锦织祖上留下一座老宅，多年没人居住，平日里用来堆放农具，偶尔也给路人借宿。

借住的人第二天向主人家道谢，说深宅大院，差点没能走出来，把这么大的院子给他一个人住，实在不好意思。

主人家不解，老宅是独一栋，后门都没有，哪儿来的深宅大院？

数天后，又来人借宿，客人辞别时，说真是大富大贵之家，居然建了座宝塔来住人。

往后，又有客人声称住的是桥洞和空水池，主人家就想不通了，这些人是住到哪儿去了？

锦织的父亲走了一趟，老宅立在山脚下，黄的墙，黑的瓦，一如往常。进屋一看，居然长了棵树，枝叶被屋顶挡住，都长弯了，像团头发纠缠在一起。

父亲回家叫上几个人，提上斧头再去老宅，屋里的树忽然没了，房梁上挂满腥臭的肉干！

同行的人上房梁取肉，别在腰间的斧头掉落，在锦织父亲的肩头划了一道。父亲看眼伤口，再抬头，看到房梁上挂的不是肉干，全是原先借住的客人！

父亲大声呼喊，然而其余人充耳不闻，把自己也倒挂在梁上。

父亲赶忙冲出门外，找来捕快，众人进屋一看，地上、桌上都是灰尘，脚印都没有，根本没人来过……

父亲以为自己看错了，在家等到天黑，跟他去过老宅的几个人却一直没有回来。他上街去找，猛然发现，村里的人已经失踪了大半……

隔天，街上跑来一个人，浑身鲜血，锦织的父亲问他从哪儿来的，他只是一味说“老宅”“老宅”。锦织的父亲赶去一看，顿时吓傻了，村里的人聚集在一片空地上，把身体堆成了一座屋子！

锦织的父亲明白是精怪作祟，才吩咐锦织上金山寺请法师。

锦织说完，起身就跑，法牛一愣，提起晾衣竹竿防身，就出门追赶。

不知跑了多远，锦织扑向一扇木门，突然就不见了，只剩身上披的僧衣落在地上。

法牛用竹竿推开门扇小心观望，屋中左侧，立着诸佛神像，威严肃穆；右侧壁画天女，悠然祥和。

法牛往门里迈了一步，诸佛天女忽然面目狰狞，嘶喊号叫，听得法牛脑袋几乎炸裂。他跳出门外，一众神佛瞬时消散。

法牛扔了晾衣竹竿，觉得必须找法器防身，才能再闯妖宅。四下走了一圈，居然给他找到了，他立刻夹在腋下，往妖宅飞奔。

跑着跑着，法牛听到法器说：你干什么，放我下来！

法牛说：前面有妖宅，我法力微弱，所以全靠你防身了，小和尚。

法牛腋下夹的，是个十三四岁的小僧，身上挂着包袱在赶夜路。

到了妖宅跟前，法牛说：要进去了，小心哪！

小僧赶紧喊停，说：什么妖宅，先说清楚！

法牛把妖宅的事说了一遍，这宅子随心而动，变化万千，异常凶险。

小僧说：那不进去不就行了？

法牛说：我要救人哪！

小僧看了眼四下，这其实是个荒凉的村落，埋没在山谷的野草里，道路不通，不像是有人会来的样子。

小僧问：你救谁？

法牛说：锦织！

小僧问：谁是锦织？

法牛说：锦织，她……她是……

法牛出神良久，继续道：锦织是我娘……

小僧说：想这么久，你是不是有很多娘呢？

法牛说：你们出家人不懂亲情的，不跟你解释。

小僧说：怎么，你不是出家人？

法牛挠着光头，一时语塞。

小僧说：我从小出家，是不懂亲情，但懂同情，我也会想，你娘此刻正被妖精洗洗涮涮准备下锅呢。

法牛汗然，说：你要不要想得这么毒……

小僧说：妖宅无非迷人眼目，若见诸相非相，即见如来。

小僧走了几步，推开门扇，回头对法牛说：我心明如镜，你们世俗人看见的下作东西，我是看不见的。

小僧同法牛一起迈过门槛，忽然一屋清香，仙气飘飘。法牛看看小僧，果然灵气超然，身上竟没有半点变化！再看自己，穿一身轻薄透亮的长裙，粉红肚兜都能看见。

法牛说：哇，小和尚，你怎么能对我有这种想法！

小僧说：什么想法？

法牛说：倒是有人说我错生了男儿身，换上女装，就是杨贵妃降世。

小僧说：他说的没错，看你这个样子，忽然就想吊死你！

话一出口，屋里仙气散尽，墙上黑影晃动，恍如吊了几个人。

小僧说：你不要想这么阴森的东西好吗？

法牛说：你一说我不就想喽！

小僧说：那好，我说点别的帮你分散注意力，话说有天深夜，寒气逼人，水池里忽然冒了个泡，浮上一个男子，面目溃烂，浑身肿胀……

法牛一掌把小僧拍墙上，说：比刚才还阴森哪！

转念一想，法牛疑惑，为什么他想什么，妖宅就变幻什么，却对小僧不起作用，难道他……

法牛说：哎，我说，你是不是就没用脑子想过事情啊？

话毕，屋里顿时白茫茫一片，风沙扑面。

法牛整个人如同风干的肉条，皮肤又紧又皱，腿脚渐渐支撑不住，跌入沙坑。

小僧揪住法牛衣领，坐地禅定。地下响起一阵轰隆声，突然升起一尊巨石佛像，将屋顶和墙壁冲破。而后佛像越升越高，几乎要直冲云霄。

一瞬间，法牛感觉到无数目光，四下看看，深林里虎豹豺狼都被佛像吸引。南方天空，万里无云，却有闪电划过。法牛仔细一看，那不是闪电，是条巨蛇，蛇鳞映着月光忽闪忽闪……

法牛赶紧摇晃小僧，小僧一睁眼，佛像霎时化成烟雾。

法牛傻笑一声，说：真是灵气逼人哪，和你做兄弟，少修炼几十年也能得道了！

小僧说：我是出家人，独去独来，怎么能有兄弟？

法牛说：那我跟你做师兄弟。

小僧一脸鄙夷。

法牛说：我是糙了一点，但真是出家人。

小僧不信。

法牛说，六年前，为了救出被妖宅困住的娘亲，他上金山寺拜师，师父下山来到村子，没找着妖宅，只见横尸遍野。师父以为众人死于饥荒，他暴怒，出走寺院。

算起来，他只做了十几天僧人。

没了家，法牛专找破庙居住，怕人起疑，才一直穿僧衣剃光头。因为算是假和尚，所以他不守戒律，但被人认为是性情中人，都叫他“情僧”。

小僧说：你娘六年前就过世了，那你又说来救她！

法牛把地上的砖石掀开，找了许久，找到一块灵牌，小僧一眼看到“锦织”两个字。

法牛说：给我娘念一段往生咒吧。

小僧说：往生咒还不会，但咒得人往生，我会。

法牛斜眼，将灵牌收入怀中，说：我还是去一趟金山寺好了。

小僧说：我就住在金山寺。

法牛大喜，说：同门哪，师弟！

小僧说：我入门早过你呀，师弟。

法牛说：怎么称呼？

小僧说：我啊，法力广大，智慧如海……

后记

我一直很奇怪，自古以来，拆散姻缘的故事那么多，为何偏偏是法海这个和尚会被大家记恨。

看了许多传说跟影视作品，法海总是被匆匆带过，他坏得特别单纯，出场就是衬托白娘子和许仙的爱情。当他回到金山古刹，一个人面对青灯黄卷，听着山门外的流言，心里一定有很多苦。

于是，我想写一写这个人的故事。

说到西湖，不能没有浪漫的爱情，毕竟杏花烟雨，不可辜负。可本书主角偏偏是法海和尚，所以，这注定是个遗憾的故事。

有个朋友曾经向我哭诉，我很久都说不上一句话。哭诉完毕，她说，这是我们的秘密，你不要告诉别人。我赶紧点头说，那肯定的，你哭得那么大声，我耳朵都震聋了，完全没听见你在说啥！

大概性格使然，我总不喜欢哭哭啼啼讲故事，有时你讲得撕心裂肺，别人却笑得没心没肺。那我不如讲得搞笑一点，告诉你，看，这事儿我已经放下了。

人生如此，写书也是一样，只有让你笑翻了，你才会把书翻完嘛！

所以，这又注定是个欢喜的故事。

书中，青蛇出场很晚，原本不打算写她，然而动了笔就停不下来。我太喜欢这只妖精了！

青蛇孤孤单单活了几百年，但比白蛇更懂这个世界。青蛇会抑郁，会狂躁，比起仙气飘飘的白蛇，青蛇更有人性。

我不能忍受如此可爱的青蛇在各种传说里惊鸿一现，然后无影无踪。我想知道那些空白的岁月里，她在哪儿，又在承受些什么，她的结局究竟美满还是破碎……

所以，才有了很多她的篇幅。

最后，传说终究是传说，它不过是比较美丽的胡说。本书中的法海自然是虚构，涉及一些地名、人名，如果与现实有什么不同，都是刻意不同。

现实太多困扰，小说就应该多点自由，就好像法海这个和尚，虽受戒，不愿受困。

最后，感谢我的责任编辑，感谢您在书海里发现了法海小哥，让原本已经放弃的我，把这个故事写完了。

感谢读了这个故事的各位。